新潮文庫

深夜特急 2

—マレー半島・シンガポール—

沢木耕太郎著

新潮社版

5236

目次

深夜特急２

―マレー半島・シンガポール―

第四章　メナムから

マレー半島 I

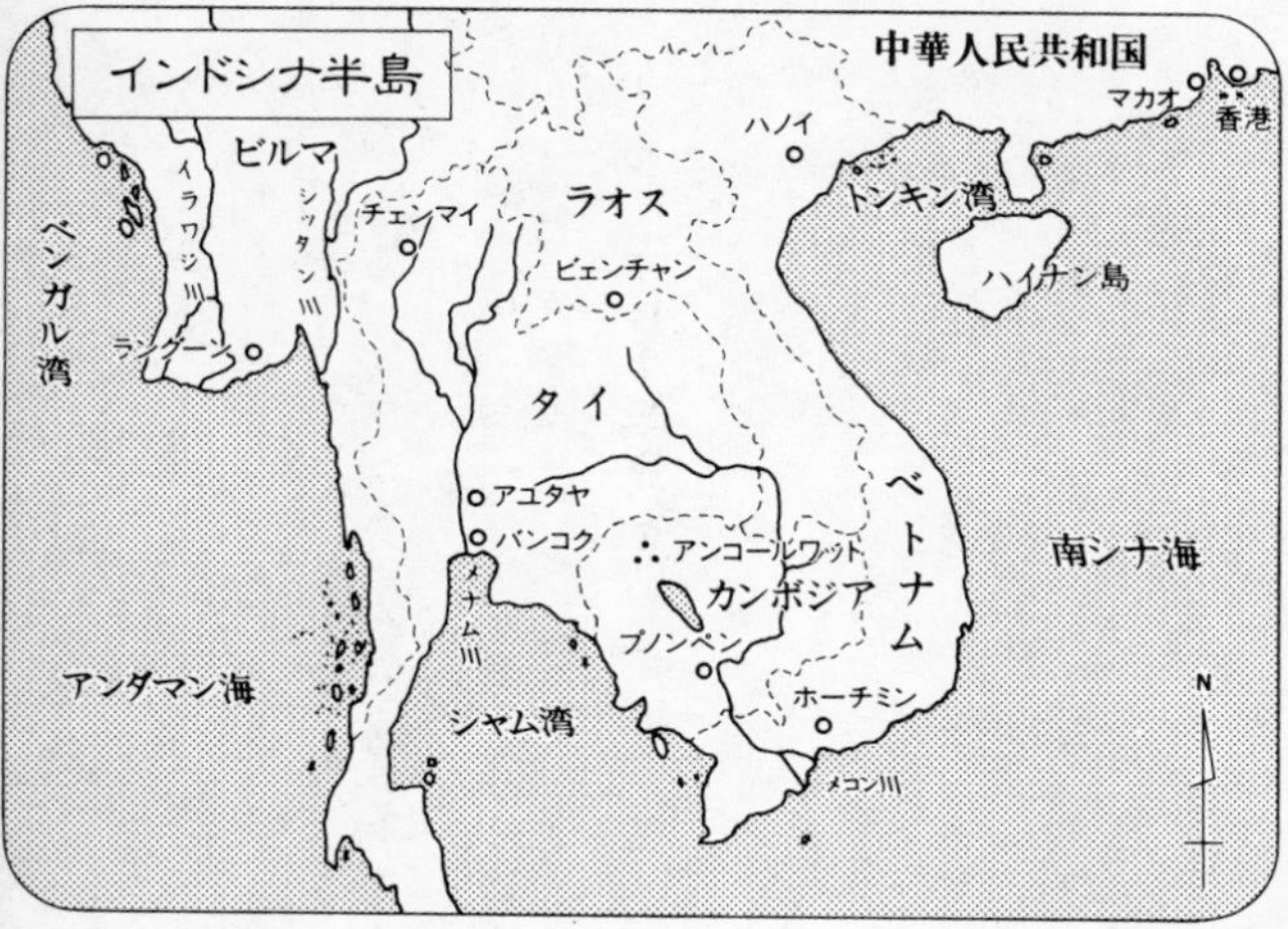
インドシナ半島
中華人民共和国
マカオ
香港
ハノイ
ビルマ
イラワジ川
シッタン川
チェンマイ
ラオス
ビエンチャン
トンキン湾
ハイナン島
ベンガル湾
ラングーン
タイ
アユタヤ
バンコク
アンコールワット
カンボジア
ベトナム
南シナ海
メナム川
プノンペン
アンダマン海
シャム湾
ホーチミン
メコン川
N

1

眼《め》の端にキラキラするものが飛び込んでくるような気がした。私は雑誌から顔を上げ、窓の外を見た。

キラキラしているのは太陽の光だった。飛行機はいつしか南シナ海を抜け、インドシナ半島に入っていたらしく、窓の下には田園地帯が広がっていた。深い緑色の大地には無数の水田と沼があり、その銀色の鏡のような水面に今まさに沈もうとしている太陽の鈍い光が反射し、それがキラキラと輝いていたのだ。

恐らくはメナムであろう、大きく蛇行《だこう》しながら流れている雄大な河にも、やはり夕陽《ゆうひ》が映っている。夕暮れ時の農家からは、夕餉《ゆうげ》の仕度の煙が立ちのぼり、靄《もや》のように集落を覆《おお》っている。緑の大地は乳白色に溶けていき、やがてぼんやりと霞《かす》んでくる。

息を呑《の》む美しさだった。これがタイという国なのだろうか……。私はまったく初めてのこの国の風景に、不思議ななつかしさのようなものを感じていた。

マカオから帰った日の夜、スター・フェリーに乗っていると、そろそろ香港を離れた方がいいのかな、という思いが湧《わ》き起こってきた。しかし、翌朝になってみると、やはり香港での日々の面白さは何物にも替えがたいような気がしはじめ、一週間、また一週間と出発を先に延ばし、ゴールデン・パレスに居つづけてしまった。

さらにもう一週間いるつもりで、イミグレーション・オフィスへ行き、ビザを書き換えてもらおうとした。ところが、窓口が混《こ》んでいてなかなか順番が廻ってこない。二時間が過ぎた時、突然すべてが面倒になり、列を離れて出てきてしまった。そして、その瞬間、バンコクへ向かおう、と決心したのだ。

決心すると、二十五香港ドルのビザ代が急にもったいなくなり、その日のうちにも出発したくなってきた。インド航空に電話をすると、夕方にバンコク行きの便があるという。空席は訊《き》くまでもなかった。

私は予約し、急いで宿に戻った。宿代を清算してもらっているうちに、香港で親しくなった人たちに電話を掛けた。連絡がつく人もいたし、つかない人もいた。宿に麗儀がいないことをちょっぴり残念に思いながら、主人夫婦に礼を言い、慌《あわ》ただしく空港に向かったのだ。

離陸は予定よりかなり遅れて四時五十分だった。バンコク到着は六時二十分。では、僅《わず》か一時間三十分で着いてしまうのかといえば、もちろんそんなことはない。本来は二時間半かかるところを、一時間三十分で飛ぶことになるのは、時差というものが存在するためである。香港とタイとの間の時差は一時間。つまり、南廻《まわ》りの飛行機は太陽を追いかけて飛ぶため一日の時間が長くなり、それだけ一日を長く生きることになる。ずいぶん得をするような、逆に損をするような、妙な気がする。もちろん、それはいつか日本に帰る際、ツケのように取り戻されてしまうのだが。

バンコクの天気は晴れ、温度は二十九度、というスチュワーデスのアナウンスがあって十五分後に、飛行機はバンコク・ドムアン空港に着陸した。

入国の手続きも税関の検査も拍子抜けするほど簡単だった。空港ビルは閑散としておりどことなく気怠《けだる》そうな雰囲気《ふんいき》が漂っている。それでも出入口にはタクシーの運転手が屯《たむろ》し、盛んに客引きをしていた。

私も次々と「タクシー？」と声を掛けられたが、「ノー・サンキュー」と答えると、ジーパンにザックという風体《ふうてい》を見てなるほどタクシーは贅沢《ぜいたく》だと納得するのか、それ以上しつこく迫ってはこなかった。

右に左に「ノー・サンキュー」を連発しながら歩いているうちに、なんとなく空港の外の車の往来の激しい大通りに出てきてしまった。

さて、これからどうしよう、と私はそこで立ち止まって考えた。

香港やマカオと同じく、バンコクに関しても情報らしい情報を持っていなかった。だから、私は自分がどこへ行きたいのかわからなかった。もちろん、ガイドブックの類《たぐ》いも持っていなかったから、どこに何があるのか皆目わからなかった。どこへ行けばいいのかの当てもなく、どこに何があるのかも知らないで、私は空港前の大通りでひとりポツンと佇《たたず》んでいたことになる。しかし、別に途方に暮れたりはしなかった。香港での経験が、いずれなんとかなるだろう、という妙な度胸のようなものを私につけてくれていたからだ。それに、ただひとつの知識として、バンコクには、香港におけるペニンシュラのように、オリエンタルという名の格調高いホテルがあると聞いていたので、いざとなったらそこへ行けばよいと思っていた。もちろん、泊まるためではなく、そこを基点にしてバンコクの繁華街を探すつもりだったのだ。

しばらく、ぼんやり立っていると、反対側の車線をバスが走っていくのが眼に入った。とりあえず、バスにでも乗ってみることにしようか、と思った。

見ると、少し先にバスの停留所がある。そこには、勤め帰りらしい工員風の若者や女子学生、物売りのオバサンや軍人といった十人くらいが、思い思いの格好でバスを待っていた。タイの普通の人々は、色が浅黒く、鼻がいくらか低いことを除けば、日本人と大して差のない顔つきをしていた。服装も特に変わったところはなく、開襟《かいきん》シャツやブラウスの裾《すそ》をズボンやスカートの中にしまわずだらりと外に出しているのが、いかにも南の国のファッションらしいという程度だった。

ザックを揺すり上げ、停留所に向かって歩きはじめた時、私は自分がタイの金をまったく持っていないというとんでもない事実に気がついた。タクシーの運転手を避けるのに懸命だったために、うっかり両替するのを忘れてしまっていたのだ。

バスに乗るならタイの小銭が必要だ。しかし、これから空港ビルに引き返し、銀行で両替をし、またここに戻ってくるというのは、考えただけでうんざりだった。南の国の重く湿った空気に絡《から》みつかれ、ザックを背負ってここまで歩いてくるだけで全身から汗が吹き出していたくらいなのだ。そんなことをすれば、それこそタクシーに乗らなければならなくなってしまう。

停留所からいくらか離れたところでザックを下ろし、どうしたものかと迷っていると、小脇《こわき》に本を抱えた若者が、バス・ストップはこちらですよ、という具合に手招きしてくれる。私は救われたような気持になり、彼の傍《そば》に近づいていった。

英語を話しますかと訊《たず》ねると、若者は恥ずかしそうに首を振った。だが、それがわかるということは、英語を学んだ経験があるということだ。どうやら彼は学生らしく、ブック・ベルトにまとめられた本の中に辞書らしい一冊が混じっていた。身振りでその本を見せてくれないかと頼むと、快くブック・ベルトをはずして手渡してくれた。表紙の文字を読むと、やはりそれは英泰辞典だった。

私はその辞書で英語の単語を引き、そこに記されているタイ語の訳を読んでもらって、質問をしはじめた。

「バス、いくら?」

彼はわかったらしく、柔らかな微笑を浮かべながら答えてくれた。

「一バーツ」

私はさらに辞書を引きながら、

「おくれ、おいらに、一バーツ」

と頼んだ。

「…………?」

彼は首をかしげるような仕草をした。

「おいら、あげる、あんたに、ドルか円」

「……………?」

意味がわからないらしい。私はザックの底から小銭だけを入れてある紙袋を取り出し、この中のどれかとあなたのバーツと交換してくれないか、と身振りで伝えた。彼はようやく納得したらしく、ポケットから一バーツらしい硬貨を取り出し、手渡してくれた。しかし、こちらは一バーツがいくらなのか見当もつかない。どうしていいかわからないので、百円玉と一香港ドル貨とクォーター貨を掌《てのひら》にのせ、好きなものを取ってくれと差し出した。彼は珍らしそうに三枚の硬貨を見比べていたが、やがて百円玉が気に入ったらしく、それを摘み上げると嬉《うれ》しそうに笑った。

あとで知ってみると、一バーツは約十五円にすぎず、およそ馬鹿《ばか》げた交換比率だったのだが、彼にしたところで得をしようと百円玉を選んだのではなかったろう。

バス代ができると、今度はどこに行くのかが気になった。

「このバス、行くか、都心、バンコクの」

辞書を引いて訊ねるが、どうしても都心という言葉が理解できないらしく、若者は気弱く首を振るばかりだった。そのうちに、別に都心に行かなくても構わないではないか、と思うようになってきた。バスに乗っていて、賑《にぎ》やかそうな通りに差しかかったら、そこで降りればいい。終点までに気に入ったところが見つからなければ、その時はまた同じバスで空港まで引き返し、案内所で訊ねればすむことだ。それも面白くないことはない。そう決めると気持が楽になってきた。

やがてバスが来て、彼の後について乗り込むと、当然のことのように二人分を払ってくれた。彼には、あの金はバス代のために交換したということがわかっていなかったのだろうか。しかし、その親切は、初めての土地でどこか緊張している旅行者の身にとっては、気持の強《こわ》ばりを多少なりとも解きほぐしてくれる暖かいものに感じられた。

彼は想像していた通り学生で、キャン君といった。正確にはキャンの下に二音節分の名がつくのだが、何度訊き返しても聞き取れず、ひそかにキャン君と呼ぶことにした。

そのキャン君が私の顔を見て、何かを言いたそうにしている。だが、英語でどう言っていいかわからず、それが自分でもどかしいらしい。やがて、英語の単語を思い出そうとするのは諦《あきら》め、身振りで言ってきた。オナカハスイテイナイカ。彼はそう言いたいらしい。飛行機の中で軽い食事はすませてきたが、満腹という状態にはほど遠い。

辞書を借り、「HUNGRY」と引くと、キャン君はそうだろうというように頷《うなず》いた。

窓の外はしだいに暗くなっていく。

三十分は乗っていたろうか、下町風のゴミゴミした辺りで、突然、キャン君が降りようと言い出した。何がなんだかわからなかったが、私は彼に素直に従って降りた。

バス・ストップの斜め前に、大きなマーケットがあった。マーケットといっても、土の上に柱を立て、そこにトタンをのせただけの安直なものだ。その一角に、テーブルと背のない丸椅子《いす》が乱雑に並べられているだけの食堂があった。キャン君はそこに入り、ここでいいかな、というような表情をして私を見た。もちろん私に文句のあろうはずはないが、タイの金は一バーツしか持っていない。それはキャン君も知っているはずだがどうするつもりだろう。私が心配しているうちにも、キャン君は料理を勝手に注文してしまう。まあどうにかなるだろう、と腹を据《す》えた。

周囲は、子供連れの夫婦や、友人同士の客でいっぱいだった。しかし、香港の屋台や食堂に比べるとどことなく静かで、誰もが言葉少なにひっそりと食べているという印象を受けた。

注文してから五分もしないうちに出てきたのは、ライスとスープだった。米は冷たくパサパサしていたが、豚のモツとキャベツのスープはおいしかった。塩をベースに各種の香辛料で味を整えただけの単純さがなかなかよかった。しばらくして出てきたオムレツ風の卵料理も上々の出来だった。

「グッド！」

嬉しくなって私が言うと、キャン君も口元を綻《ほころ》ばせて言った。

「サンキュー」

自分が連れてきた食堂の料理をほめられ、ありがとうと応じるその感性は、どこか日本人に似ているように思えた。

腹ごしらえができたところで、さてどうしたものかと思案していると、これからどうするつもりなのか、とキャン君の方から訊ねてきた。とりあえず繁華街へ行ってみたいのだが、繁華街という言葉が理解できないらしいことは、最前のやりとりでわかっていた。かりに繁華街に出られたとしても、いずれそこからホテルを探さなくてはいけない。

「あなた、知ってるか、安いホテル」

辞書を使わず、ゆっくり発音しながら訊ねると、キャン君はしばらく考えてから、知らない、と答えた。そして、口の中でチープ・ホテル、チープ・ホテルと何度も呟《つぶや》いていたが、やはり思い出せないというように首を振った。私は、彼が安いホテルをというのをホテルの名前と勘違いしているらしいことに気づき、横着せず辞書を引いて訊ねた。キャン君はすぐに質問の意味を理解したが、どこにその類《たぐ》いのホテルがあるかは知らないようだった。

キャン君は食堂の勘定も当然のことのように二人分払うと、前の通りに出てから私の方を向いて言った。

「タクシー？」

タクシーの運転手に訊いてみたらと言いたいらしい。私が頷くと、彼はタクシーを停《と》め、窓から首を突っ込んで、運転手と何事か相談しはじめた。ようやく結論が出たらしく、キャン君は大きく頷いて乗り込んだ。いったいどんなホテルに行くことになったのかの説明はなかったが、キャン君がそうひどいところに連れていくわけはないという安心感はあった。

私が乗り込むと、タクシーは荒っぽく走りはじめた。外は真っ暗で、どこをどう走っているかまるでわからない。

十分は走っただろう。タクシーは、二階建ての、日本でいえばモーテル風の造りの建物の前で停まった。その門の上に、いかにもいかがわしげに輝いている赤と青のネオンを見て、私は思わず声を上げそうになった。なんと、そのホテルの名はゴールデン・プラザというのだった。香港がゴールデン・パレスで、バンコクがゴールデン・プラザ。この分では、インドへ行けばゴールデン・テンプルで、イランに行けばゴールデン・ハレムにでも泊まることになるのではあるまいか。

バンコクのこの黄金の館《やかた》も、香港の黄金宮殿に負けず劣らず、いかがわしげだった。フロントにはシャンデリアのようなものが吊《つ》り下がっているのだが、明るさが抑えられているために薄暗く、内部も客がいるのかいないのかわからないくらいに静まり返っている。しかし、いかがわしそうだからといって避ける必要もないことは、香港での経験が教えてくれていた。

鼻の横に小さな傷のあるフロントの男は、愛想がいいうえに英語が達者だった。キャン君が状況を説明しようと口を開くと、フロントの男はろくにそれを聞きもせず、すぐに私に喋《しゃべ》りかけてきた。

「ひとりですか」

私が頷くと、男は意味ありげにニヤリと笑った。また、なのだ。香港のゴールデン・パレスでも同じような迎えられ方をした。いよいよ似たような宿なのかもしれない。

「一晩いくら？」

「百二十バーツです」

打てば響くという感じで答が返ってきた。

「米ドルで言うと……」

「六ドル五十セントです」

「そいつは高すぎる」

深い考えもなく、習慣のようになっている台詞《せりふ》を吐くと、フロントの男はいたってあっさり値を下げた。

「五ドルでは?」

私は部屋を見せてもらうことにした。

鍵《かぎ》をもらって二階の一室に入ると、すでにクーラーがきいており、中央にはダブルベッドがでんと置かれていた。いかにも連れ込みホテル風ではあったが、奇妙なのはその脇にシングルのベッドが二つもあったことだ。一戦交えたあとはそれぞれ別のベッドで安らかに眠れというのだろうか。それとも、すべては私の邪推で、この部屋は家族旅行をする人たちのためにあるのだろうか。どちらにしても、部屋が予想外にゆったりしていることと、なによりクーラーの涼しさが気に入り、泊まってみるつもりになった。

フロントに戻り、十ドルだけバーツに替えてもらい、その中からキャン君に食事代とタクシー代を払おうとしたが、どうしても受け取ってくれない。何度か押し問答を繰り返したあげく、渡すのは諦めた。

日本家屋の厠《かわや》くらいの明かるさしかないロビーで、辞書を引きながらしばらく話していたが、やがてキャン君は遅くなるからと帰っていった。別れ際《ぎわ》に、宿が見つかってほんとうによかったねというような、深い優しさを感じさせる微笑《ほほえ》みを残して、暗い夜道を歩み去っていった。

部屋に入り、ひとりになってホッとしたのは九時頃《ごろ》だった。熱いシャワーを浴びると喉《のど》が渇《かわ》いてきた。コーラはあるかとフロントに電話をすると、ボーイに持っていかせるという。値段は三バーツとのことだった。

すぐにボーイがやってきて、テーブルの上にコーラの瓶《びん》とコップをのせた。五バーツでお釣りを貰《もら》おうとすると、硬貨を握ったままその場に立ちつづけ、ニコニコしながら英語で質問を浴びせかけてきた。おまえは学生か。齢《とし》はいくつか。どこに住んでいる。何日いるつもりなのか。次はどこへ行くのか……。

「ところで、女はいらないか」

最後にそう訊ねてきた。なるほど、これが言いたくて、帰ろうとしなかったのか。

彼の努力に酬《むく》いられなくて悪いがと思いつつ、私は首を振った。そんな金はない。

「いい女いるよ」

いりません。私は神学校の優等生のように断固と拒絶した。だが、その程度ではなかなか引っ込みそうにない。

「五十ドルぽっきりよ」

五十ドルといえば、十日分のホテル代ではないか。私は冗談ではないというように手を振った。しかし、ボーイは笑顔を崩さず、ねっとりした口調で迫ってくる。

「四十ドルのもいるよ。日本語が話せる」

日本語を聞きにバンコクまで来たんじゃない。

「三十ドルね、英語なら話せる」

こっちが話せません。

「二十ドル。タイ語だけ」

まったく、語学力によってこれほどあからさまに値段が違うものとは知らなかった。

私が黙っていると、さらに言いつのった。

「じゃあ、十ドルのはどうね」

私はそのボーイのしつこさに辟易《へきえき》し、次に腹が立ち、やがてみじめな気分になってきた。

彼の押しつけがましさの底には、私が日本人であり、日本人がひとりで来た時には女を欲するものであり、それを世話するのは当然という、単純でかつ強固な三段論法が存在しているに違いなかったからだ。私が日本人でなかったら、かくも執拗《しつよう》に喰《く》い下がりはしなかったはずだ。

もっとも、彼が女を斡旋《あっせん》しようと熱心になる理由もわからないではなかった。恐らく、その仲介料で少ない給料の穴を埋めているのだろうから。しかし、街で客を誘っているポン引きたちには決して感じられない卑《いや》しさのようなものが、ホテルで女を売り込もうとしているボーイの姿からは滲《にじ》み出ていた。

ボーイはなおも粘る。どうしてなのだ、女は嫌《きら》いか、と訊ねる。もしも私が、そうだ、女は嫌いだ、などといい加減な返事をしようものなら、勇んで男を連れて来かねない。好きだ、大好きだ、と答えた。

「それならどうしていらない」

「高すぎる」

よりによってつまらない理由を挙げると、すぐさまボーイに反撃された。

「トーキョーは百ドルっていうじゃないか、十ドルのどこが高い」

申し訳ない、と思わず謝ってしまいそうになる。きっと日本の旅行者にでも聞いたのだろうが、彼らもどうせならもう少しましな国情をP・Rしてもらいたいものだ、と腹立たしさと肩身の狭さを同時に覚えながら、でも私には高すぎる、金を持っていないんだ、と答えた。すると、ボーイは憤懣《ふんまん》やるかたないという顔をして、声を荒らげた。

「トーキョーからここまで、何に乗って来たんだよ」

飛行機です、と私は呟《つぶや》くように言った。

「飛行機で来て、金がないだって？」

恐らく、彼はこう言いたかったのだ。よその国に、飛行機に乗って遊びに来て、金がないなんて台詞《せりふ》が通用すると思ってんのかよ、おまえ。ふざけるんじゃない……。

彼の憤《いきどお》りももっともだった。私はこれまで、金がないということで何度も人の親切を受けてきた。それに対して深い感謝の念を抱いてはいたが、同時にそれこそが私の運なのだという驕慢《きょうまん》な気持がなくもなかった。自分の旅が幸運の星の下にあるのだ、と。しかし、仕事でもなく、勉学でもなく、ただほっつき歩くためだけに異国に来ている若僧が、俺《おれ》には金がないなどという台詞を吐いたら、それはずいぶんいい気なものではないか、と思われても仕方のないことだったのだ。私はそんな簡単なことに考えが及ばなかった。まして、その国で必死に働いている同じ年頃の若者にとっては、ふざけるなのひとことくらい言ってみたい台詞だったろう。私は自分が金がないということを売り物にして旅をしてきた卑しい存在のように思えてきた。女を売り込んでなにがしかの金を得ようとしているこのボーイの卑しさを嗤《わら》えはしない。いったい、金がなくてよくホテルに泊まれるじゃないか、食事はどうする、明日からどうするつもりなんだ……。

ボーイはまだまくし立てている。だが、だからといって十ドルの女を買うつもりにはなれなかった。茫然《ぼうぜん》としていると、彼は一転してにこやかな顔つきになり、サンキューと言って部屋を出た。

どうしてサンキューなのだろう。気がついてみると、三バーツのコーラ代として五バーツ貨を渡したのに、お釣りを寄こさず行ってしまったのだ。

ベッドに腰を下ろし、生温かくなってしまったコーラを飲みながら、最前までのボーイとのやりとりをゆっくりと反芻《はんすう》した。

どう考えても、彼の執拗な女の売り込みを卑しいものと感じた自分に不当なところはなかったように思う。しかしまた、私の断わり方に対する彼の怒りも、多少ねじれてはいるが正当なものと認めないわけにはいかない。

私は旅に出て以来、ことあるごとに「金がない」と言いつづけてきたような気がする。だが、私には少なくとも千数百ドルの現金があった。これから先の長い旅を思えば大した金ではないが、この国の普通の人々にとっては大金というに値する額であるかもしれない。私は決して「金がない」などと大見得を切れる筋合いの者ではなかったのだ。

もちろん、「金がない」と言うだけなら、私は自分を卑しいとは感じなかったろう。私がその台詞を使う時、どこかでその相手の親切を期待するところがあったような気がするのだ。ほんの少しであっても、金のない旅人が土地の人の親切を受けるのは当然だという思いを抱いていなかったかどうか、私には「いや」と言い切れる自信はなかった。「金がない」という台詞を使わない時にも、相手の親切を期待する気持が態度に滲み出ていたのではないだろうか。だからこそキャン君は、何も言わずにバス代も夕食代も払ってくれた。もしそうだったとすれば、それは手を差し出さないだけの物乞《ものご》いというにすぎないではないか……。

私は、無一文になるまで、金がないということを売り物にするのはやめよう、と思い決めた。親切は親切としてありがたく受けるとしても、彼らにとって私はあくまでも贅沢《ぜいたく》なことをしている人間だということを忘れてはならない。

——なにをそんなに深刻に考えているんだという声がどこからか聞こえてくる。たかがホテルのボーイとの軽いやりとりくらいでそんなにいきり立つこともあるまい、と。

私はベッドに横になり、ぼんやりと天井からぶら下がっている電灯を眺《なが》めていた。

突然、ノックがされた。あるいは、あのボーイが二パーツのお釣りをもってきたのかもしれない。もしそうなら、チップとしてそのままやることにしよう。

しかし、ドアを開けると、別のボーイがニコニコしながら立っている。そして、なれなれしい態度で部屋に入ってくると、いきなり言った。

「女はいらないか」

私がいらないと断わると、さっきと同じことが始まった。

それは深夜に到るまで繰り返され、入れかわり立ちかわりボーイが姿を現わしては、女を売り込みにきた。四人目のボーイなどは、いらないと硬い声ではねつけると、カタコトの日本語で捨て台詞を吐いていった。

「アンタ、ユーキナイネ」

私は深い疲労感に襲われた。

2

翌日、私は新しい宿を探すために、朝早くから外へ出た。ゴールデン・プラザのチェック・アウトの時間は十二時ということだったので、それまでに代わりの宿を見つけなければならなかった。

フロントで、繁華街へはどのように行ったらよいのかを訊《たず》ねると、昨夜いた鼻の横に傷のある男とは別の、温和そうな中年の男がていねいに教えてくれた。

それによれば、バンコクの繁華街は二つの地域に分かれているのだという。ひとつは、タイ大丸を中心としたラジャプラソン地区、他のひとつは、ラマ四世通りとニューロードにはさまれたシロム通りとスリウォン通りの周辺。そしてラジャプラソンが庶民のための繁華街だとすれば、シロム通りの周辺は外国人や中流以上の人にとっての繁華街なのだという。

私は簡略な地図を描いてもらい、まずラジャプラソンへ向かった。幸いにも、ホテルからそう遠くなく、二十分も歩くと商店街に着いた。しかし、午前中のためか、香港の彌敦道のような賑《にぎ》わいはない。そのうえ、眼《め》につくホテルも、ゴールデン・プラザより高そうな中級のホテルが多かった。二軒ほど訊《き》いてみたが、どちらも二倍近い値段だった。

とりあえず、ラジャプラソンで宿を見つけるのを諦《あきら》め、バスに乗ってスリウォン通りに行った。

バスを降りてしばらく歩いていくと、日本航空の支店があった。中に入り、バンコクの地図を見せてもらえないだろうかと頼むと、応対に出てくれた男性社員が、どうぞこれをお使い下さい、と折りたたみのバンコク地図をくれた。実は日本航空の客ではないのだがと言うと、それは入ってきた時からわかっていましたと笑い、いつかうちの飛行機に乗ってくださるでしょうからと付け加えた。私は気分が軽くなるように思え、礼を言って外に出た。

貰った地図を片手に、二時間ほどその周辺を歩き廻《まわ》ったが、やはり手頃なホテルは見つからなかった。今夜もまたあのゴールデン・プラザに泊まり、ボーイたちの襲来を甘んじて受けなければならないのだろうか。がっかりしながら歩いていると、どこからかいい匂《にお》いが漂ってくる。匂いに従って露地を曲がると、そこにうどん屋があった。軒先の屋台でうどんを作り、店の中で食べさせている。嬉《うれ》しくなったのは、その作り方が日本の立ち喰《ぐ》いのうどん屋とほとんど同じであり、だから香港の街頭のソバ屋とまったく変わらなかったことだ。

麺《めん》の上に各種の具を乗せスープをかける。それだけのものだがいかにもおいしそうだった。私は朝から何も食べていないことを思い出し、姉妹らしい二人の女性が働いているその店に入った。

うどん屋の姉妹は、下が十代の後半、上が二十代の前半、という年格好に見えた。私がテーブルの前の丸椅子《いす》に坐ると、妹の方が何にしますかというように振り向いた。みんなと同じものを、と他の客の食べている丼《どんぶり》を指さそうとして、それが人によって少しずつ違っていることに気がついた。立ち上がり、店の軒先で姉が作っている屋台を覗《のぞ》き込むと、同じと見えた麺にも微妙な差異があった。私はまず、日本のキシメンに最もよく似た麺を指さし、チャーシュー、ツミレを加え、その上からスープをかける真似《まね》をすると、わかってもらえたらしく、二人とも笑いながら頷《うなず》いた。

出されたものは私の望んでいた通りのものだった。スープは胡椒《こしょう》のよくきいた塩味で、ひとくち飲んだ時、日本のなつかしい味がした。どんな麺にも必ずモヤシが使われるということを含めて、それはバンコク版塩ラーメンといった趣きのある食べ物だった。

値段は五バーツ、約七十五円という。これでバンコクにいる間は飢えなくてもすみそうだと安心した。これならいくら食べても飽きそうになかったし、三食つづけて食べても二百円程度にしかならなかったからだ。

一滴残らずスープを飲み干し、ようやく人心地がついたところであらためて店内を見廻すと、衝立《ついたて》でいちおう区切られてはいるが、店の奥に事務所のようなものがある。そこでは西洋人の男性とタイ人の女性が机に向かい合って坐《すわ》り、ペンを走らせていた。このうどん屋の事務をとっているはずはないから、どちらかが間借りをしていることになる。いずれにしても、その同居には、どういうことなのだろう、と人の好奇心をそそるアンバランスな感じがあった。

そこに、四、五歳くらいの幼女が店に入ってきて、姉と思われる年嵩《としかさ》の女の腰にまとわりつきはじめた。見ると、その幼女は混血特有の整った眼鼻立ちをしていた。髪は茶褐色《ちゃかっしょく》で瞳《ひとみ》の茶色もかなり薄い。面差《おもざ》しは、奥で机に向かっている西洋人に、どこか似ている。どうやら、彼が、この姉妹の姉に生ませた子供であるらしい。

やがて、母親にかまってもらえず退屈した幼女は、私に興味を持ちはじめた。傍《そば》にきて、顔を覗《のぞ》き込んだり、笑いかけたりする。

「名前はなんていうの?」

タイ語はわからなかったから、英語で訊ねてみた。すると、奥で事務をとっていた西洋人が机から顔を上げ、私に向かって言った。

「キャシー、というんですよ」

思いがけないことに私はいささかうろたえてしまい、つまらない質問をしてしまった。

「お子さんですか?」

「ええ」

陰翳《いんえい》のある微笑を浮かべて彼が言った。

幼女は自分が話題になっていることを知って、はにかんだように下を向いた。

「彼女は二カ国語を解するんですね」

私が言うと、彼は僅《わず》かに肩をすくめた。

「英語は、ほんの少しです」

どうやら彼はアメリカ人のようだった。私とそう変わらない年齢だと思えるのに、眉間《みけん》には深い皺《しわ》が走っている。私は陽《ひ》と風と雨に長い間さらされてきたらしい彼の顔を見ているうちに、唐突に彼がベトナムからの帰還兵であるように思えてきた。船乗りが陸に上がったとか、ヒッピーが流れついたとか考えるより、ベトナムでの休暇のたびにバンコクの女の元へ通っていたが、やがて子供が生まれてしまい、除隊後もアメリカではなくタイに居ついてしまったと考える方が、彼のどこか人生を投げたような雰囲気《ふんいき》に合っているような気がした。

「彼女とはタイ語で喋《しゃべ》るわけですね」

私が幼女を見ながらそう訊ねると、彼はいささか苦そうな笑いを浮かべて答えた。

自分はタイに五年も住んでいるのだが、タイの言葉をほとんど理解することができない。だから、子供と子供の母親が何かを喋っていてもまずわからないのだ、と。

「それは不自由ですね」

「そう……」

と頷きかけて、彼はすぐに言い直した。

「でも、この子が私に喋りかけてくるタイ語はなぜか理解できるんですよね」

異国で生きるということ、しかも異国の女と暮らしながら生きるということは、想像するほどロマンティックなものではなさそうだった。

その時、彼ならこの近辺の安宿を知っているかもしれないと思いついた。

「この辺にホテルはないでしょうか」

「ホテルはいくつもあるけど……」

「安いホテル」

「どの程度の？」

「安ければ安いほどありがたいんです」

「そうだなあ、タイ人が泊まるようなところなら知っているけど、旅行者向きじゃないからなあ……」

いいえ、そこでけっこうです、と私は慌《あわ》てて言った。彼の説明によれば、その宿は彼の机の前で事務をとっている女性の親類がやっているのだという。それなら安心だ。私がぜひ紹介してくれと言うと、彼は紙に地図を書いてくれた。

そこは看板も出ていない、しもたや風の建物の二階にある宿だったが、地図が正確なおかげで簡単に見つけられた。金物問屋の横の階段を登っていくと、暗い踊り場に老婆《ろうば》がひとり椅子に坐っていた。フロントとか帳場とか呼べるようなものは一切なく、小さな机の上に電話と筆記具のような小物がのっているだけである。手真似で部屋を見せてくれないかと頼むと、すでに電話を掛けていてくれたのか、老婆はすべてを承知しているかのように黙って鍵《かぎ》を持って案内してくれた。

その部屋はゴールデン・プラザと比べると三分の一もないような広さだった。小さなベッドに小さな窓。クーラーはもちろんあるはずもなく、部屋と不釣合いなほど大きな羽根の扇風機が天井からぶら下がっているだけだ。それでも狭いトイレにはシャワーがついている。蛇口《じゃぐち》を確かめると、水しか出そうになかったが、この暑いバンコクで湯は必須《ひっす》のものでもない。

いくらですか、と私は英語で老婆に訊ねた。英語を解するとは思わなかったが、気配で察したのだろう、老婆はタイ語で短かい言葉を呟《つぶや》いた。もう一度訊ねても同じ答が返ってくる。どうやら数字を言っているのは確かなようだ。私はポケットからバーツを取り出し、ベッドの上に置いた。老婆は私の意図がわかったらしく、その中から十バーツの札を三枚つまみ上げた。

「三十バーツ？」

私が驚いて念を押すと、そうだというように頷いた。ゴールデン・プラザの四分の一、四百五十円にすぎない。私はここに泊まることにした。

これから、よそに置いてある荷物を、取りに行ってから、また戻ってきますから、それまで待っていてください。手真似を混じえてゆっくりした日本語でそう言うと、英語の時と同じようにあっさりと理解してくれた。そのうえ、手にした三十バーツをベッドの上に置き直してくれた。このまま保証金として取り上げられてしまうだろうなと思っていたので、その意外な鷹揚《おうよう》さにますますこの宿が気に入った。少なくとも、ここなら、女を買え、買えとせめられなくてもすみそうだった。

急いでゴールデン・プラザに帰りチェック・アウトをしたい旨《むね》を告げると、十二時を過ぎていたにもかかわらず、文句も言わずに応じてくれた。ここもさほど悪いホテルではなかったのかもしれない。毛嫌《けぎら》いしてしまったことにいささか気が咎《とが》めないわけではなかったが、とにかくシープヤ通りの名もない宿に引き返し、ここをバンコクの拠点にすることにして荷物を解くと、ようやく落ち着いた気分になった。

3

その日の午後から、私はバンコクの街を歩きはじめた。

目的地も決めずにバスに乗り、適当なところで降り、そこから歩いて宿の近くまで戻ってくる。それを三、四日も続けると、バンコクという土地についての勘のようなものができてきた。地図を見ただけで、ここからここへはバスで何分くらい、歩けば何十分くらいかかるかということがわかってきた。それと同時に、地理上の重要なポイントになる場所の風景が頭に叩《たた》き込まれるようにもなった。要するに、たとえバスを乗り違えても、途中で降りて方向を正すことができるくらいにはなった、ということだ。

私はバンコクという街をこんなふうに想像していた。静かな通りを、穏やかな顔をした人々がゆっくりと往きかっている。陽差しは強いが、木蔭《こかげ》に入れば涼しく、街路樹の根元では物売りが腰を下ろして休んでいる……。ところが、街に出てみて、それがとんでもない誤解だったということを思い知らされた。バンコクも、当然のことながら、現代の都市だったのだ。

とりわけ意外だったのはその騒音である。バンコクは東京や香港以上にけたたましい街だった。オートバイはマフラーをつけずに走り廻り、サムロと呼ばれるミゼット型のタクシーは爆音のような凄《すさ》まじい音を残して発進し、バスはバスで絶え間なく警笛を鳴らしている。騒音を逃れてメナム河に出ても、やはりそこにはオートバイのエンジンを搭載《とうさい》したサンパンが、モーターボート顔負けの音を立てて疾走しているのだ。

想像と現実の落差があまりにも激しかったせいか、何日歩いてもバンコクという街が捉《とら》えられなかった。土地鑑は冴《さ》えていくが、なるほどこの街はこういう街だったのか、と腹の底から納得することがない。たとえバンコクとはこういう街だという結論めいたものが出たとしても、それが旅行者の感想である以上ひとり合点の誤解にすぎないが、誤解をする契機すら手に入れられないのだ。

さまざまな場所へ行き、うろつき廻った。見たり、食べたりもした。しかし、それはそれだけのことで、街の印象がひとつにまとまっていく役には立たない。いつまでたっても、バンコクという街は曖昧《あいまい》で、とりとめがなかった。

中華街へは食事のためばかりでなくよく出かけた。だが、香港という中華街の本家のようなところから来てみると、規模といい熱気といいすべての点に関してもの足りなかった。

メナム河の両岸に密集している寺院にもいくつか訪れたが、あまりにもキラキラしすぎていて、私には安直なレヴューのセットでも見ているような味気なさばかりが先に立った。

大学のキャンパスにもよく行った。特にチュラロンコーン大学へは、宿からそう遠くないこともあって、しばしば出かけては学生食堂へ直行し、安いランチを食べていた。

このチュラロンコーン大学は、タイのエリート大学としてよく知られている。学生たちは、男子なら紺のスラックスに白いワイシャツ、女子なら紺のスカートに白のブラウスという服装をしている。街で最初に見かけた時は高校生かなと思ったほどおとなしい服装をしているが、その中ではっきりと自分たちがエリート大学の学生であることの主張をしている部分がある。すなわち、男子は紺のネクタイに大学のマークが入ったものを使い、女子はスカートのベルトのバックルにマークの入ったものを用いている。それが彼らのステータス・シンボルというわけなのだ。

かつてこのチュラロンコーン大学に日本の年配の作家が訪れ、汚ない看板やポスターのまったくないことに感激し、なんと清潔な大学だろう、日本の大学もこれくらい綺麗《きれい》だといいのだが、と書いていたのを読んだことがある。しかし、実際に来てみると、それがいささか皮相な見方であることがわかる。

第一に、この大学に看板やポスターがないのは単に立てる自由、貼《は》る自由がないだけのことかもしれないし、第二に、たとえ自由があるにもかかわらず出したり貼ったりしていないのだとしても、それだけでは大学が清潔で綺麗ということにはならないはずなのだ。チュラロンコーン大学の学生食堂へ行くたびに、私はむしろ雑然とした日本の大学の学生食堂の方が本質的には清潔なのではないかと思ったものだった。

チュラロンコーン大学の学生食堂は設備も整っており、明かるく、安く、申し分がなかった。しかし、にもかかわらず、どこか不潔な感じがするのだ。それはたぶん学生たちが驚くほど食べ残しをするからに違いなかった。私はこれほど無造作に食物を残す学生を他に知らなかった。しかも、セルフ・サービスということになっているのに、食べ終った食器を誰ひとり片づけようとしない。そのため、テーブルはすぐに食い散らかされた食器でいっぱいになってしまう。食堂の女性が二、三人で片づけてはいるのだが、あまりにも悠長《ゆうちょう》な仕事ぶりのため、テーブルの上はいっこうに綺麗にならない。だから、新しく盆を持ってテーブルにつこうとする者は、散乱している食器を脇《わき》に押しのけ、僅かな隙間《すきま》を作って、そこで食べることになるのだ。

彼らが食べ残すというのは、ただ金持ちの子弟だからという以外の、たとえば食習慣のようなものに根ざした深い理由があるのかもしれないが、その時がクロントイの湿地帯に広がるスラムに迷い込んでしまった帰りであったりすると、ある種の腹立たしさを覚えないわけにはいかなかった。

一度、隣に坐った学生に話し掛けられたことがある。彼は私が日本人だとわかると、日本及び日本企業に対する痛烈な批判を始めた。彼の言っていることはほとんど正しかった。だが、その前の皿に残された食物のもったいないほどの量を見せつけられると、彼の正論も色褪《いろあ》せてくるような気がした。

映画館へも行ったし、街頭のテレビも見た。しかし、せっかくタイの映画を見ようと張り切って出かけていっても、眼につく看板は香港製や台湾製の中国映画であり、そうでなければインド映画だった。宿にテレビはなかったが、夜、街を歩けば、どこかの電機屋がテレビをつけていた。店のショー・ウィンドウの前には二、三十人が路上に坐り込み、熱心に見ていた。いわばそれが街頭テレビの役割を果たしていたのだ。だが、そこからバンコクを理解する手がかりを得ようにも、彼らが熱中しているテレビ番組の多くがアメリカ製や日本製ではどうしようもなかった。

私にとってわかりにくいのはバンコクの街ばかりでなく、人々についても同じだった。誰も彼もが穏やかな優しい微笑を浮かべていると思っていたわけではないが、街を行く人々の鋭さ、暗さ、疲労感の滲《にじ》んだ顔は、かなり想像外のものだった。たまに笑顔を向けられ、ようやく関《かか》わり合えても、なぜか深いところで了解できたという確かな感じが持てない。

それはなにより、最初の晩に泊まったホテルのボーイたちとの行き違いが尾を曳《ひ》いていたのかもしれない。第一歩でケチがついたため、すべてにぎごちなくなってしまう。

たとえば、シロム通りの銀行で両替をし、ぶらぶら歩いていると、向こうから歩いてきた二人連れの男に呼び止められる。彼らはどういうわけかニコニコしている。そして、ひとりがおもむろに流暢《りゅうちょう》な英語でこう言うのだ。

「こんにちは。今日はフラワー・デーです。あなたのような若い方に花を差し上げています」

その物腰からいやなものを感じた私は、金はないよ、と断わろうとして、そうだそれは言わないことにしたんだと思い返し、けっこうです、とだけ言って通りすぎようとした。

「いや、これはプレゼントなんですよ」

そう言うと、男は邪気のない顔で、造花のカーネーションを私の胸につけようとする。

「金を払わなくてもいいんですか」

「もちろん」

私は自分の疑い深さを恥じながら、造花を胸につけてもらった。

「どうもありがとう」

そう言って歩き出そうとすると、ひとりが待ってくれと言う。

「少しでいいから寄付をしてくれませんか」

金は払わなくていいと言ったじゃないか。私が腹立ちを抑え切れずに大声を出すと、だから寄付をお願いしている、と気味の悪い丁重さで迫ってくる。それなら、これは返すよ。私が造花をむしり取ろうとすると、そんなことは言わずに、とその手を強い力で抑える。

「いくらでもいいんですよ」

私は困惑し、ままよと禁句を口に出した。

「金がないんだ」

すると、なんだそれならそうと早く言えばいいのにという顔をして、カーネーションを私の胸につけたまま、足早やに離れていく。

うまくいかないのは行きずりの人とばかりではなかった。宿の老婆とは、手真似で必要なことを伝達するだけだったし、うどん屋の姉妹とも、食べに行くたびにせいぜい微笑をかわす程度にすぎなかった。うどん屋の奥で事務をとっていた西洋人は、あれから話し掛けてこようとはしなかった。ゴールデン・プラザのフロントには、キャン君が来たら宿を移ったことを伝えてくれと頼んでおいたが、なかなか訪ねてきてくれなかった。

4

ある日、タイ王室の守護寺であるワット・ポー寺院へ行った。

ワットというのはタイ語で寺を表わす言葉らしく、あらゆる寺の名についている。

その意味ではワット・ポー寺院という言い方には重複があるのだが、日本風にポー寺と言ってしまうとどこか落ち着かない。いずれにしても、私はそのワット・ポーへ向かったのだ。

いつものように、ふらふらほっつき歩きながら、ニューロードから中華街を横切り、官庁街を通って多くの寺院が建ち並んでいる一帯に出てきた。酷暑の季節は過ぎているというが、炎天下を歩いていると一時間に一回は水分の補給をしないと保《も》ちそうもないくらいに暑い。そのたびにコーラやジュースを店で買って飲むのだが、一軒として値段が同じでないのが面倒だった。値段を確かめてからと思っても、言葉が通じないためそれだけで一騒動になってしまう。

そのためばかりではなかったが、宿を出たのが午前中であったにもかかわらず、ワット・ポーに着いた時には夕方ちかくになっていた。

この寺は、王室の守護寺であるということのほかに長さ四十六メートル、高さ十五メートルに及ぶ巨大な寝釈迦《ねじゃか》があることでも有名だった。しかし、私は暑さにやられて仏像を見るような気分になれず、とにかく涼しいところをと思いながら境内をうろついた。

すると、本堂の廊下のようなところで、三十人くらいの老若《ろうにゃく》男女が僧侶《そうりょ》と共にお茶を飲みながら談笑しているところに出喰《でく》わした。その様子をぼんやり眺《なが》めていると、私の存在に気がついた中年の婦人が、こちらにいらっしゃい、と手招きする。講話なら言葉がわからないので聞くだけ無駄《むだ》だが、と思いながら、しかしお茶にひかれて近づいていった。

ところが、婦人はお茶によんでくれたわけではなかったらしい。私が行くと、そこにいた人々は立ち上がって隊列を作り、花や供物《くもつ》を手に本堂の周囲の廊下をゆっくりと廻《まわ》りはじめた。私が呆然《ぼうぜん》としているのを見て、婦人はあなたも加わってという身振りをする。どうやら、それは誰かの法事であるらしく、そこに集まった老若男女はどこかの一族であるようだった。

三回廻ると、本堂の中に入り、供物を本尊に捧《ささ》げる。私も興味を覚えてその前に一緒に坐《すわ》ったが、タイ寺院の外観のようにキラキラしすぎており、日本的な感覚からすれば、いささか有難味の薄そうな仏像だった。

法事は次の「金まき」でクライマックスを迎えた。僧侶が一族を従えて本堂の前に立ち、節分の豆まきの要領で、境内に集まった近所の子供や通りがかりの人に向かって小銭をばらまくのだ。大人も子供もキャーキャーと声を上げて嬉《うれ》しそうに拾い合う。面白かったのは、僧侶がその金の出資者であるはずの一族の人々に向かって小銭をまくと、彼らも喜んで手を差し伸べることだった。

最後に、僧侶が一枚の硬貨を口に含み、それを投げ与えて、儀式は終った。境内に集まった人々は笑いさざめきながら散っていき、法事の当事者である一族の人々は僧侶を先頭に再び本堂に戻っていった。その中の婦人のひとりが、こっちに来ないか、とまた手招きする。今度こそお茶をごちそうしてくれるに違いない。ついて行こうとして、私は少し離れたところからの視線を感じて顔を向けた。見ると、そこには四人の女子学生がいて、微笑を浮かべている。私が笑いかけると、ひとりが硬貨を一枚つまんでこちらに差し出すしぐさをした。

そういえば、彼女たちも僧侶のまく小銭を楽しげに拾っていた。私も同じように中に混じって拾おうとしたのだが、自分のようなよそ者がいいのだろうかというためらいが行動を遅らせ、ついに一枚も拾えなかった。恐らく、彼女たちはその様子を見ていて、かわいそうに思ったのだろう。私はその気持が嬉しく、一種の縁起物であるに違いない硬貨を、ありがたく貰《もら》うことにした。

決して露骨なものではなかったが、彼女たちが異国の人間としての私に関心を持っているらしいことは明らかだった。私はお茶と四人の女子学生とを秤《はかり》にかけ、当然のことながら女子学生を選ぶことにしてそこに残った。

彼女たちは商業学校の学生で、それぞれスーシャラー、アチェラー、ユーピン、アピンニャという名の少女だった。十八歳から十九歳というから、れっきとした娘さんなのだが、その小柄《こがら》な体つきや、人ずれしてないはにかみ方などを見ていると、どうしても少女と言いたくなる。

英語は単語を並べるくらいの会話しかできないが、それでもどうにか意思は通じ合う。そのうちに私は彼女たちにタイ語のカタコトを教えてもらうことを思いついた。彼女たちは即席のタイ語教師として実に熱心に教えてくれた。

ありがとう　コプ・クーン

こんにちは　サワ・デー

いくらですか　タウ・ライ

どこですか　ユーティ・ナイ

一・二・三・四・五・六・七・八・九・十

ヌーン・ソーン・サーン・シー・ハー・ホッ・シェッ・バッ・ガウ・シップ

すぐに覚えられたのは僅《わず》かだったが、それだけでも私には貴重な知識だった。

「タウ・ライ？」

「サーン・バーツ」

これで買物くらいは充分に用を足せるというのだ。

ひとしきり教授をしてくれたあとで、女子学生たちは遅くなるからといって帰っていった。別れ際《ぎわ》に、また明日もここでレッスンをしてくれる、という約束ができた。私はかわいらしい少女たちと四人も知り合えたことに大いに満足して宿に帰った。

翌日、私は約束の三時半よりかなり前にワット・ポーに着き、彼女らを待っていた。多少いれこんでいたのかもしれない。ところが、三時半になっても、三時四十五分になっても姿を現わさない。四時になった時、これは振られたのかなと思った。その時である。

「来ませんね」

背後から声を掛けられた。振り向くと、そこには濃いサングラスをかけた長身の男が立っていた。

「遅いですね」

また英語で言う。彼が女子学生のことを指して言っているのは確かなようだった。どうして私が待ち合わせをしていると知っているのだろう。薄気味が悪くなってきた。

ズボンに半袖《はんそで》のカラー・シャツという平凡な格好をしているが、サングラスをかけた顔がいかにもいわくありげだった。公安関係の人物なのではあるまいか。しかし、たとえタイにTCIAのようなものがあるにしても、私のようなただの風来坊をマークするほど暇ではないはずだ。

「女子学生のことを言っているんですか？」

私は恐る恐る訊《たず》ねてみた。

「ええ」

「どうして知っているんです」

「昨日、ここにいましたから」

男はそう言いながらサングラスをはずした。確かにその顔には見覚えがあった。私たちが話をしている傍《そば》をなんとなくうろついていた。その時はガイドかなにかと思って気にも留めなかった。だがその彼が、どうして今日もここに来ているのか。

「あなたもどなたかと待ち合わせですか」

その質問には答えず、彼はひとり言のように呟《つぶや》いた。

「遅いですね……」

ますます気味が悪くなってきた。何者なのだろう。私が黙り込むと、その疑念を知ってか知らずか、彼は矢つぎばやに質問をしはじめた。そして、最後にこう訊ねてきた。

「バンコクに知り合いはいますか？」

いないなどと答えると、どんなことをされるかわからないと思い、いると答えた。

「タイ人、それとも日本人」

「日本人」

「どういう人ですか」

私が知っている日本人といえば、地図をくれた日本航空の人だけである。だが、この男にうるさくつきまとわれないためにも、きちんとした知人がいると宣言しておいた方がいいだろう。

「日本航空に勤めている人です」

私が言うと、男はにっこり笑って頷《うなず》いた。どういうことなのだろう。私はますます彼がわからなくなって、あらためて彼の風体を観察した。頭髪はかなり後退しかかっているが、まだ三十代の、それも前半だろう。サングラスをとった眼《め》は思いのほか険しさがない。

「あの人たちは来ませんね」

男が断定的に言う。私もそんな気になってきた。しかし、どうしてだろう。やはり見ず知らずの異邦人を警戒したのだろうか。私がなんの反応もしないでいると、彼はさらに言いつのった。

「諦《あきら》めた方がいいかもしれませんね」

余計なお世話だ、と少し腹が立った。

「あなたも彼女たちに用があるんですか」

私は強い調子で訊ねた。だが、彼はその質問に答えようとせず、さりげない口調でびっくりするようなことを呟いた。

「さあ、もう行きましょうよ」

さあ、もう行きましょうよ、だって？　この男はどういうつもりなのだ。いったい何が悲しくて、かわいい女子学生のかわりに、この訳のわからないオッサンと行動を共にしなければならないのだ。それを昨日から約束していたような調子で言う。私は唖然《あぜん》とした。

「こんなところに長くいても仕方がありませんよ」

男がまた言う。

「どうぞおかまいなく、僕はここで待っていますから、あなたは自分の好きなところに行ってください」

私が露骨なくらいはっきりと向こうに行ってくれないかと言っているのに、男はネバー・マインドを連発してそこに居つづける。彼の目的は何なのだろう。私には見当がつきかねた。

「あなたの職業は何なのですか」

どうせ真っ当な答は返ってこないだろうと思いつつ訊ねた。

「キレヤ」

キレヤという英語の単語を私は知らなかった。キレヤ、キレヤ、と口の中で呟いていると、男は自分のシャツを右手で摘んで、キレ、キレ、と言った。キレ、キレ……生地《きじ》のことだろうか。

「クロウズ？」

男は大きく頷いた。彼は日本語で布きれの店と言っていたのだ。

「日本語を知っているんですか」

英語で訊ねると、

「少シネ」

と日本語で答えた。

「日本語が喋《しゃべ》れるんですか」

驚いて日本語で訊ねると、それまでの押しの強い感じの彼からは想像できない、照れたような笑いを浮かべて、また言った。

「少シネ」

「どこで覚えました？」

「ガッコウ」

「学校？」

「ニホンゴガッコウ、ワタシ行ッテル」

なるほどそれでわかってきた。彼が関心を持ったのは私が日本人だからなのだ。警戒心はいくらか薄れてきたが、まだわからないところがあって口をつぐんでいると、彼がいきなり言った。

「ショーカイ、シテクダチャイ」

サ行がタ行になり、クダサイがクダチャイとずいぶんかわいらしく変化して聞こえる。

「紹介？」

「ニホンジンノトモダチ」

「………?」

「ワタシ、日本語ナラウ、ワタシ、タイ語オシエル」

交換教授の相手を紹介してくれという申し出なのだ。

「ワタシ、日本語ウマクナリタイ」

日本語学校へ通ってはいるが、それだけではいつになっても喋れるようにはならない、と判断したのだろう。その心掛けは立派だとは思うが、紹介してあげられるような人はいない。残念だけどと断わると、聞こえたのか聞こえなかったのか、急に話題を換えて英語で言った。

「あの子たちは来そうもないですね」

時計を見ると、もう四時半になっている。恐らく彼の言う通りだろう。

「もう行きませんか」

どこへ行こうというのだろう。私は彼の顔を見た。

「あなたの行きたいところへどこでも案内しますよ」

私はこの男の言うことをすべて信用したわけではなかったが、確かにいつまでもここにいて来そうにない女子学生を待っていても仕方がなかった。それに、その胡散臭《うさんくさ》さも含めて、彼に対する興味が湧《わ》いてきたということもあった。いったい、どんな目的で日本語がうまくなりたいというのだろう。

「そうだ、日本語学校というのを見てみたいなあ」

私が言うと、今夜ちょうど授業がある、といって彼は笑った。七時からなので、それまで家にきて、一緒に食事をしていかないか、と言う。ビクビクしていてもはじまらない。もうこうなればどこへでも行ってやろうではないか、と私は肚《はら》を据《す》えた。

家までは歩いて三十分くらいの距離だという。歩きながら聞いたところによれば、彼はまだ結婚しておらず、弟夫婦と母の四人で生地屋をやっているとのことだった。

男の家は中華街のはずれにあった。話していた通り、一間半あまりの間口の小さな店で生地を商っていた。すでに弟夫婦は帰ってしまったらしく、店では老女がひとりで番をしていた。男が何事か中国語で言うと、老女は店の奥に招き入れてくれた。

そこには小さな台所と食事用のテーブルがあり、休息用らしい一畳分ほどの台がある。中に入ってまず眼についたのは、壁に貼ってある祖父母の大きな写真だった。これと似たようなものは香港の張君の家で見たことがあるなと思いながら眼をやっていると、男が声をひそめるようにして言った。

「私たちはチャイニーズなんです」

どうして声をひそめなくてはならないのだろう。タイにおいては、タイ人と華僑《かきょう》との間に一種の緊張関係があるのは知っていたが、ここは家の中なのだ。

「私たちの一家は、八十年前にこの国に来たんです」

そして、もう一度、私たちはチャイニーズなんです、と繰り返した。その言葉の底には、自分たちはタイ人とは違うんだ、という強い響きがこもっていた。

私は、はからずも、東南アジアの華僑の生活の一端を垣間《かいま》見るチャンスに恵まれたようなのだ。男の目的がどんなものであれ、こちらはこちらでよく見ていってやろうと思い決めた。

便所を借りると、それは水洗ではなかったが極めて合理的な使われ方をしていた。日本の旧式のものよりはるかに清潔そうである。下はコンクリートになっており、そこにしゃがむ形式の便器と水桶《みずおけ》がある。用を足したあとはその水で勢いよく流し、またその水で水浴びもするようなのだ。

出てくると、老女は鶏を一羽、さまざまの部分に解体しているところだった。そして、その老女は、小さな台所で、たったひとつの中華鍋《なべ》から、魔術のように次々と料理を作り出してくれた。鶏肉と冬瓜《とうがん》のスープ、鶏肉と青菜の炒《いた》め物、豚肉とタマネギの炒め煮、何だかわからない魚の唐揚げ……。これらが、別に大した御馳走《ごちそう》というのでもなく、ごく自然な感じで出される。テーブルが小さいのが難点だったが、油っこいものが不足気味だった私は、男とろくに話もせず熱心に食べつづけた。食べ終り、ああ、おいしかった、と日本語で言うと、意味がわかったのか老女が初めてにっこりした。

どんな魔窟《まくつ》に連れ込まれるかと少しは心配しないでもなかったが、こんなところなら大歓迎だ。相手がかわいい少女というわけにはいかないが、私がバンコクにいる間は彼との交換教授を引き受けてもいいかなと思いはじめた。その御礼にと、この老女の中華料理が毎晩食べられるかもしれない、などと虫のいいことを考えたのだ。

食事をしているうちに、この男がタイの情報機関の一員ではないかと一瞬でも考えた自分が阿呆《あほ》らしく思えてきた。暗黒街とつながりがあるのでは、という疑いも消えた。それは買いかぶりすぎというものだった。男と老女とのやりとりを聞いていると、母親からも見離された商家の頼りない総領息子といった役まわりが最もふさわしいような気がしてきた。恐らく、日本人相手の商売で一発当てて、母親や弟を見返してやろう、などと考えているに違いない。

食事が終ると、男はすぐに日本語学校に行こうと言い出した。もう少し華僑の商人の生活を見ていきたかったが、追い立てられるように外に出た。

日本語学校はラマ四世通りからいくらか奥に入ったところにあった。そう狭くない教室がいくつかあり、そこに生徒がぎっしり坐《すわ》っている。私はその教室を渡り歩いて、授業風景を見学させてもらったが、日本人の教師の力量に差がありすぎ、生徒がかわいそうだった。タイ語を駆使して面白おかしく教えられる人もいれば、ただ日本語の教科書を棒読みするだけの人もいる。とりわけ、男が習っている教室の先生は、いったいどういう経歴の人なのだろうと首をかしげたくなるようなひどい教え方をしていた。これなら自分で個人的に先生を見つけたくなるのも無理はないと思えた。

帰り道、私は宿まで送ってくれるという男と肩を並べて歩きながら、彼がいつ日本語を教えてほしいと切り出すかを待っていた。もちろん、引き受けるつもりだった。ただし、お母さんの夕食つきでね、と冗談半分に付け加えることも忘れないつもりだった。

ところが、彼の口から出てきたのは、思いもかけない言葉だった。

「紹介してください」

「えっ？」

「明日、紹介してください」

「誰を？」

私は思わず訊き返してしまった。

「日本人の友達」

それはできないとワット・ポーでも言ったはずだった。

「日本語なら、僕が教えてもいいですよ」

しかし、彼はその提案をまったく無視して、重ねて言った。

「紹介してください、日本の友達」

私は腹が立ってきた。

「そんな人はいない」

「さっきはいるといったじゃないですか、日本航空に知っている人がいると」

しっかり覚えていたようだ。日本航空の支店で地図をくれた社員は、別の日に近くを通ったついでにまた寄ると、昼食を御馳走してくれたうえに、何か困ったことがあったら相談に来るといいと言ってくれた。しかし、だからといって、この男を紹介するわけにはいかない。

「その人とはそんなに親しくはないけれど、たとえどんなに親しくても、今日会ったばかりの人をそう簡単に紹介なんかできるわけがないじゃないですか」

私が言うと、男は苛立《いらだ》たしそうに言った。

「私を信用しないのか」

そういうわけではないのだ、と私は答えた。

「それならいいではないか」

しかし、どうして私ではいけないのだろう。彼は本当に日本語が習いたいだけなのだろうか。

「バンコクにいる間は、僕が教えてもいいんですよ」

「日本航空の人がいい」

「どうして僕では駄目《だめ》なんですか」

「…………」

目的は交換教授以外にあるような気がしてきた。ますます紹介などできないという気持が強くなった。私が相手をしないでいると、男はぶつぶつと不満を述べはじめた。紹介してくれると思ったから家まで連れていったのに、こちらはするばかりでおまえは何もしてくれない、おまえは旅行者だからすぐに居なくなってしまうに違いない、だからバンコクに住んでいる人と知り合いたいのだ……。こちらも腹立たしさが募ってきて、それならさっきの夕食の代金を払おうか、と怒鳴りたくなってきたが、どうにか我慢した。いくらなんでも、料理を作ってくれたあの老女に対して失礼すぎた。

やがて、シープヤ通りの私の宿の前に出てきた。男は驚いたように、ここに泊まっているのか、と訊《たず》ねた。私は頷き、気持を抑えて、寄っていかないかと努めて陽気に言った。すると、男はろくに返事もしないまま、そそくさと帰っていってしまった。

次の日、もしかしたら訪ねてくるかなと思ったが、それきりだった。

いったい、彼の望みは何だったのだろう。バンコクに住んでいる日本人と知り合いになって何をしたかったのだろう。いずれその知り合いを足がかりによからぬ仕事を始めたに違いない。紹介などしない方がよかったのだ。しかし、そうは思っても、この土地の人の働きかけに対して自分がうまく応《こた》えられなかったということは、心の中に小さな棘《とげ》のようになって残った。バンコクでは、どこかちぐはぐで、うまくいかない。バンコクの街の奥深いところに入り込めそうな糸ができかかると、突然、プツリと切れてしまう。

5

どうしても香港のようにいかない。どこを歩いても、誰に会っても胸が熱くなることがない。それは必ずしも、廟街《びょうがい》のような、人を興奮させる場所が見つからなかったから、というだけではなかったように思う。それどころか、大露店街なら、このバンコクにも、廟街に負けないくらいの規模のものがあった。それを発見した時、私は確かに熱狂した。

それは土曜日の午前中だった。

土曜と日曜は無料という王宮を見学するつもりで歩いていくと、その手前の大広場に、信じられないくらいの露店が並んでいた。その数、千、いや万にも達するのではないかと思われるほどの壮大さだった。数からいけば廟街以上、世界中でも一カ所にこれほど露店が集まっているところは他に例を見ないのではないかという凄《すさ》まじさだ。台の上に商品を並べて数人で売っている店もあれば、たったひとりで首から籠《かご》を吊《つ》り下げて歩き廻《まわ》っている売り子たちもいる。洋服もあれば、食料品もあり、日用雑貨もあれば、およそ何の役にも立たないようなガラクタも売っている。およそバンコクにある物でここに集まっていないものはない、と言っても決して言いすぎではなかっただろう。あらゆるものが売られている。私は一歩足を踏み入れただけで嬉《うれ》しくなってしまった。

ゆっくり見ていったのでは一日かかっても終りそうもない。しかし、見終らないのを覚悟でひとつひとつ立ち止まってひやかしていくと、この街の物価のおおよそのところがわかってくる。ノート一冊、パンツ一枚、ミカン一キロ、靴《くつ》一足、の値段がわかってくるのだ。

いや、わかってくるのは値段ばかりではない。ここでも香港と同じように子供たちが大人に混じって働いているが、彼らがよく売っていたものにビニール袋に入っている白い粉があった。ビニール袋に印刷されたマークを見ると、そこには「AJINOMOTO」と記されていた。そういえば、バンコクに着いた翌日、初めて麵《めん》を食べた時、味に妙ななつかしさを感じたが、あれは「AJINOMOTO」の味だったのだ。日《ひ》頃《ごろ》、グルタミン酸ソーダなど気持が悪いと決して食物にかけはしないのに、ひとたび日本を出ると、それがなつかしい味に感じられてしまう。まったく舌などいい加減なものだと思い知らされた。

並んでいるのは露店ばかりではない。かなりの数の物乞《ものご》いがいる。それも思わず眼《め》をそむけたくなるような凄惨《せいさん》な姿をしている。

子供と笛の合奏をしている足首と手首のない男。巨頭症の弟を膝《ひざ》の上にのせて坐っている少女。盲目の幼児に鉦《かね》を叩《たた》かせている母親。別の場所では、いざることしかできないような老人と老女が背中合わせになったまま手を差し出し、膝から下が切り落とされた幼児を連れた母親が空き缶《かん》を前に頭を下げている。以前、タイでは物乞いの効果を増すために故意に自分の子供の足や手を切ることがある、という記述を眼にしたことがあったが、あるいはその子もそのような絶望的な目に遭わされたひとりであったのかもしれなかった。

女が裸の赤ん坊を抱いて休憩している人の前に立つ。しかし決してしつこくなく、軽く首を振ると静かに立ち去っていく。

空地には大道芸人も出ている。香具師《やし》が人を集めて商売を始める。香具師の口上というのは、どこの国でも同じような声で、同じようなリズムを持っている。言葉がわからなくても、ほぼ完璧《かんぺき》に言っていることがわかってしまうから面白い。通りがかりの子供たちを呼び集め、口を開けさせている男がいる。おっ、虫歯がたくさんある。やっ、この子にも虫歯がある。そんなことを言ったあとで、口上が始まる。

——さて、お立ち会い。ここに取りいだしましたる透明な液体の薬、この薬はそんじょそこいらの薬と薬が違う。この薬をば、この脱脂綿にほんの一滴ひたしまして、この坊主の虫歯にチョンとつけますと……ほれ、ほれ、ほれ、ほれ、お立ち会い。出てきた、出てきた、虫歯の虫が。ほうれ、苦しがってもがいているでしょうが。この白く長い虫こそ虫歯の元凶、この薬をチョンとつければ、どうにもいたたまれず虫歯の中から出てきてしまう……。

覗《のぞ》き込むと、本当に男の人差し指の腹で白い虫がのた打ち廻っている。なかなか鮮やかな手際《てぎわ》の手品だった。そして、彼の振りかざす壜《びん》入りの薬を、いい大人がけっこう買っていく。

その隣には、コブラとマングースを使っての香具師がいる。

——ちょっと、そこの坊や、こっちにおいで。そう、そう、いいかい坊や、あそこの籠の中にいるのは何か知っているね。蛇《へび》？　そう、しかし蛇は蛇でもただの蛇じゃない。毒蛇コブラだよ。あの怖《おそ》ろしい毒をもったコブラに、もし咬《か》まれたらどうなるか知ってるかい。アッという間にあの世行きだよ。毒蛇に会ったら、坊やならどうする。逃げる？　コブラは逃げるより速く襲ってくる。さあ、どうする。

さて、そこでだ。ここに神秘の石がある。これをただの石コロと思うと大間違い。いいかい、見てごらん、おじさんがコブラの近くに手をやる。あっ、痛い！　咬まれちまった。おい、助手、早く消毒の薬を持っといで。ところが、だ。この石を持って手をやると、不思議、不思議、ほら、ほら、咬まれるどころか、コブラの方が逃げてしまう。さあ、どうだい、すごいだろう。そこの坊や、この石を持ってコブラの傍《そば》に寄ってごらん。恐《こわ》がることはない。絶対に大丈夫。ほら、これを持って、手を差し出すと……ほら、どうだい、コブラが逃げるじゃないか。こんな小さな坊やだって、この石さえあれば大丈夫。

本日はこの魔法の石、みなさんには特別に五バーツでおわけしよう……。

ところが、五バーツではまったく売れない。そこで三バーツに値下げする。それでもほとんど売れない。仕方がないという感じで、一挙に半バーツ、五十サタンに値を下げると、ようやくパラパラと売れはじめた。

ひとしきり石を売ると、香具師はようやく客のお目当てのコブラ対マングースの決闘を始めた。

コブラが籠から出され、マングースの檻《おり》の扉《とびら》が開け放たれる。ところが、向かい合わされたものの、両者にはまったく戦意がなく、互いに知らん顔をしている。香具師のオッサンはマングースのひもを引っ張り、なんとか闘わせようとするが、オレもう飽きた、というような顔をして誘いに乗ろうとしない。コブラはコブラで、またか、といった様子で鎌首《かまくび》をもたげてあたりを見廻している。オッサンがようやくのことでコブラの傍まで連れてくると、マングースはそれでもお義理にグワァッと飛びかかってみせた。と、その瞬間、オッサンはマングースの首についたひもを引っ張るではないか。マングースはよろめき、コブラから引き離されることになった。決闘はどうなるのだろうと思っていると、オッサンはさっさとマングースを檻に入れ、コブラを籠にしまってしまう。どうやら、決闘はあのマングースのたった一度の威嚇《いかく》の突進で終ってしまったらしい。

私は呆気《あっけ》にとられたが、散っていく客を見ると、子供ばかりでなく大人たちも、それでけっこう満足しているようなのだ。

その姿を眺《なが》めながら、こんなことを考えないでもなかった。はじめのうちは香具師のインチキにいい大人がだまされるのを見て、苛立《いらだ》ったりもどかしく思ったりした。しかしやがて、それを馬鹿《ばか》なことだと嗤《わら》う必要はないということに気がつくようになった。なぜなら、金のない子供たちが地べたに腰を下ろし、あるいは物売りの少年たちが仕事の手を休め、香具師の口上をケラケラ笑いながら嬉しそうに聞いているからだ。つまり、だまされる大人たちは、だまされることで、彼らに代わって見物料を払ってやっているのだ。実際、どの香具師を取り囲んでいる子供たちも、インチキだろうなどとひねこびたことは言わず、不思議そうに、恐ろしそうに、楽しそうに、じっと見つめている。この子たちのためにも、大人は喜んでだまされてやるべきなのだ……。

マーケットはバンコクの他のどこより魅力的な場所だった。私は翌日もその広場をうろつき廻った。下着を買ったり、ジュースを飲んだり、大道芸を楽しんだりした。

帰りに鶏の丸焼きを一羽分買い、宿の部屋で遅い昼食をとった。デザートはパイナップル。全部で二十バーツ、三百円だったが、なかなか充実した食事だった。しかし、その肉をかじりながら、このマーケットも確かに魅力的だが、だからといって、これがあるからここに居つづけたいというほどではないな、と思っていた。何かが足りない。同じように露店が群れてはいるが、香港の廟街と比べると、何かが足りないのだ。そこが街の通りではない、ということもあるだろう。夜ではない、ということもあるだろう。何が決定的な要因なのかはわからないが、このマーケットには、廟街の露店街で覚えたあの浮き立つような気分が感じられなかった。

どこをどう歩いても、ここだと思う場所にぶつからない。私は毎日ただ惰性のようにバンコクの街を歩き廻ったが、しだいに退屈するようになってきた。

ある日、このバンコクで、最もタイらしいところはどこだろうと考え、ああでもない、こうでもないと思いをめぐらしたあげく、ルンピニ競技場ではないかという結論に達した。そこでは、週に四日、タイの国技ともいうべきタイ式ボクシングが行われていたからだ。タイ式ボクシング、つまり日本ではキック・ボクシングとして知られるようになった、タイ独特の格闘技である。

調べてみると、その日はちょうどタイ式ボクシングの興行がある曜日にあたっていた。夕方、私はルンピニ競技場までぶらぶら歩いていった。

入口附近には開場を待つ人々が屯《たむろ》していたが、メイン・エベントがさほどの試合ではないらしく、チケットはまだ残っているという。私は三段階に分かれているうちの最も安いチケットを買って場内に入った。たとえ悪い席でも、ひとたび入場してしまえばいくらでも見やすいところにもぐり込めるだろうと甘く考えていたが、客席はそれぞれが檻のように金網で区切られており、いい席に移ることなどとうてい不可能だった。

客の入りはまずまずだった。その大半は男性で、試合が始まる前からかなりエキサイトしている。そして、どういうわけか、チラホラと空席が見える場内で、異常に客が固まっているところが何カ所かある。

やがてその理由はわかった。

前座が始まると、それほど好試合だとも思えないのに、その固まりを中心に熱狂的な喚声が湧《わ》き起こる。何人かが立ち上がり、株の場立ちのように、手を振り、指を一本出したり、二本出したりしはじめる。すると、客はそれらの男に何事か大声で叫びながら、手を振ったり、握りこぶしを突き出したりする。第一ラウンドが終ると、さらに騒々しくなる。要するに、彼らは賭《かけ》をしているのだ。

賭の仕組みはわかりにくいが、どうやら賭の元締めがどこかで賭け率を決め、その配下が客席の各所に散り、手を振っているのだということだけはわかった。賭け率は一定ではなく、その試合の最中でもどんどん変化していく。だから、一方がノック・アウトされそうになると、試合の興奮と賭のやりとりで、場内は信じられないような騒ぎになる。ところが、賭け屋の賭け率が気に入らないと、客同士で賭をするようになる。話がまとまると握手をして賭の成立を確認する。試合が終ると、あちこちで現金のやりとりが行われる。

タイ人のタイ式ボクシングに対する熱狂を支えているのは、ひとつにはそれが博奕《ばくち》の対象として許されているというところにあるのかもしれなかった。

試合はノック・アウトの連続だった。鋭いまわし蹴《げ》りの一発で血を吹いて倒れ、重い膝蹴《ひざげ》りをみぞおちに喰らってうずくまる。どんな試合も二、三ラウンドのうちにはすべて決着がついてしまう。

ボクサーが倒れるたびに、観客は猛々《たけだけ》しい喚声を上げていたが、私にはさほど面白いものではなかった。タイ式ボクシングにはあまりにも偶然の入り込む余地が大きすぎるように思えたからだ。私たちがふだん見慣れている国際式のボクシングと異なり、決定的な一発というのが技術の積み重ねによる研《と》ぎ澄まされた一発というのではなく、ただやみくもに振り廻したキックが当たってみたり、伸ばしたパンチが出会いがしらにヒットしたりと、予期せぬことが頻繁《ひんぱん》に起きる。国際式にも予期せぬことは起こりうる。いや、その偶然こそが見る者を興奮させ、感動させる最大のものであるのかもしれない。しかし、タイ式のように、予期せぬ出来事が頻繁に起きすぎると、それはもうほとんど予定通りの偶然とでもいうべきものになってしまう。興奮は一過性のものので、いつまでも震えが止まらないというようなことがない。

それでもメイン・エベントには何かがあるはずだと期待して見つづけていた。ところが、セミ・ファイナルの中量級の試合が終ると、観客は一斉《いっせい》に立ち上がり出口に向かいはじめるではないか。

プログラムによればまだ一試合残っていることになっている。どうしてメイン・エベントを見ないで帰ってしまうのだろう。不思議に思っていると、最後の対戦者がリングに上がってきた。その二人のファイティング・ポーズを見て、一挙に事情が了解できた。彼らはタイ式ではなく、オーソドックスな国際式のボクサーだったのだ。つまり、それはメイン・エベントなどではなく、刺身のツマ、賭の対象にならない附録にすぎなかったのだ。

ガラーンとした競技場で、若い二人のボクサーは懸命に闘っていた。スピードのあるパンチの応酬による打ちつ打たれつのその試合は、それまでの肘《ひじ》や足を使ってのボクシングより、はるかにスリリングだった。

私はその闘いにほんの少し胸を熱くしながら、しかしこのバンコクという街にいよいよ自分が場違いな存在であるという思いを強くしていた。競技場という、言葉を必要としない世界に入ってきたにもかかわらず、その観客たちと気持を近づけさせることができなかったということが、私を滅入った気分にさせた。

バンコクには、もうこれ以上いても仕方がないのかもしれない。いつまでいても、香港やマカオでの日々のような興奮は手に入れられそうにない……。

最後の試合が判定で終り、競技場からラマ四世通りを歩いているうちに、その思いはますます強くなっていった。しかし、バンコクを出てどこに行こう。飛行機のチケットによれば、次はデリーということになっているが、私はその前にもう一度、香港で味わったような、人々の熱気に包まれ浮き立つような日々を送ってみたかった。だからといって、香港に戻るわけにはいかない。

その時、ふと、シンガポールという地名が浮かんできた。あるいは、シンガポールこそ香港での熱い日々を再現してくれるのに最も適した土地なのではあるまいか。タイとは比較にならないくらい中国系住民の多い都市国家だ。その意味でも香港と似ていないこともない。そのうえ、シンガポールという地名の響きには、どこか旅人の心をそそるものがある。

そうだシンガポールへ行こう、と思った。このマレー半島をどこまでも南下していけば、いつかはシンガポールに到るはずなのだ。

第五章　娼婦《しょうふ》たちと野郎ども

マレー半島 Ⅱ

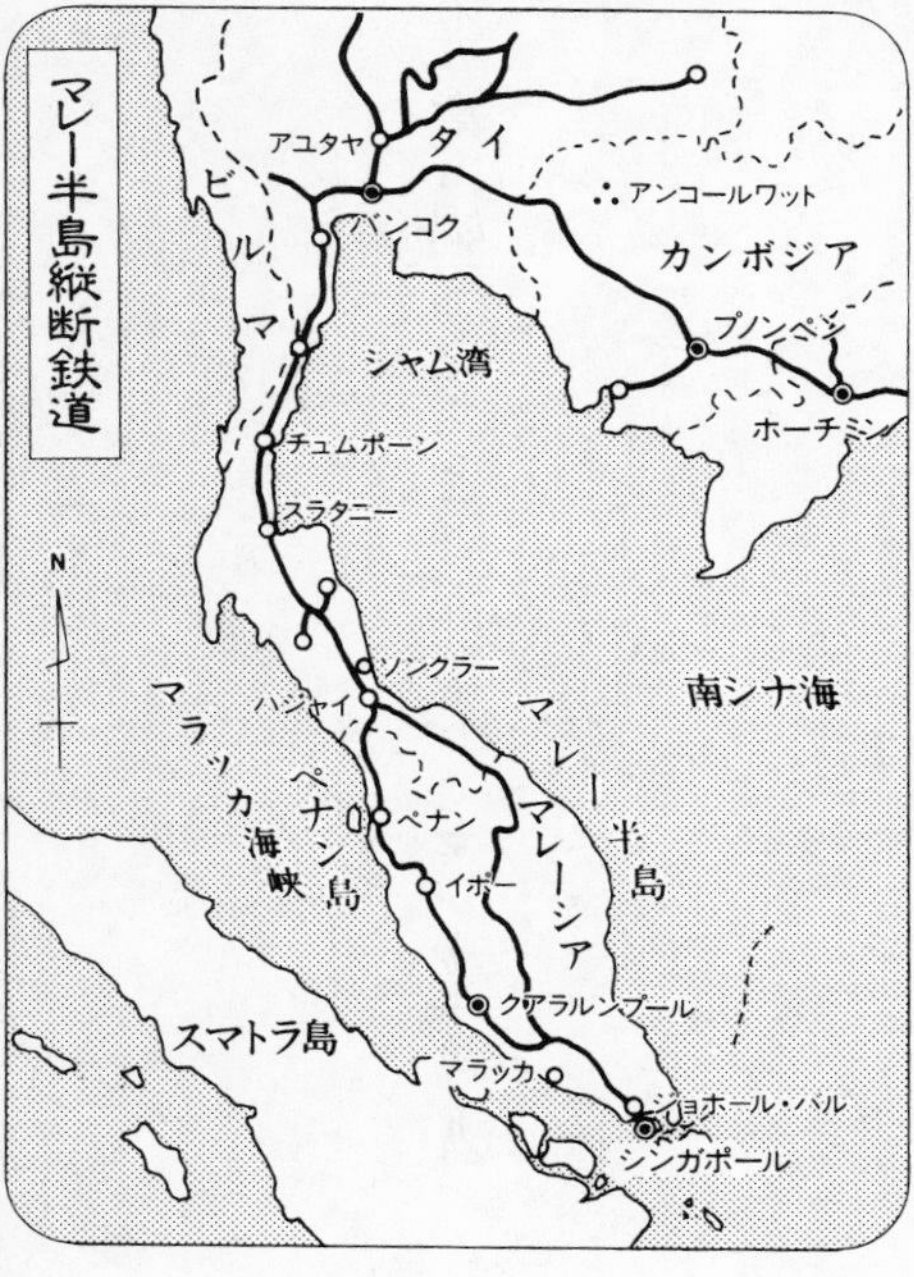
マレー半島縦断鉄道
タイ
アユタヤ
バンコク
ビルマ
アンコールワット
カンボジア
プノンペン
ホーチミン
シャム湾
チュムポーン
スラタニー
N
ソンクラー
ハジャイ
南シナ海
マラッカ海峡
ペナン島
ペナン
マレー半島
マレーシア
イポー
クアラルンプール
スマトラ島
マラッカ
ジョホール・バル
シンガポール

1

二日後、私は宿を引き払い、バンコクの中央駅に向かった。鉄道でシンガポールまで行くつもりだった。

バンコクからシンガポールまで、タイ、マレーシア、シンガポールの三国を走る国際列車があることは知っていたが、念のため駅の構内にあるツーリスト・インフォメーションで訊《たず》ねてみた。

応対に出た係員は、私の風体《ふうてい》を見て、国際列車では行かない方がいい、と忠告してくれた。確かに速いが、高くて、ある意味で不便だというのである。シンガポールまでの通し切符を買うと、タイで二日、他の国の二駅に二日ずつの計六日しか途中下車できないらしい。途中で気に入った村や町があったら少しは滞在してみたい。三カ所しか降りられず、どこも二日しかいられないというのはつまらなさすぎる。

「普通で行きな、安いから」

私が迷っていると、係員がそう言った。

だが、普通の切符で行くにしても、とりあえずどこまでの切符を買えばいいのかわからない。国境まで買って、好きなところで途中下車しても構わないのかと訊《き》くと、それはできないと言う。

「どんなところに寄りたいんだい？」

「そうだなあ……バンコクとは違った、ただの田舎の町がいいなあ」

私が答えると、彼は地図の二つの町を指で押さえて言った。

「ここら辺りまで買ったら」

「いいところ？」

「何もないところさ」

「それはいいや」

何もないただの田舎町。それはむしろこちらの望むところだ。私はその二つから、チュムポーンという町を選んだ。

彼が駅名を書いてくれた紙を窓口に差し出して切符を買うと、四十六バーツ、六百九十円だった。

出発は五時ということだった。

発車時刻まで三時間以上もあった。私は駅前のマーケットへ行き、汽車の中で腹が空いた時のために食料を少し買い込んだ。そして、そのついでに、食べそこなった昼食をどこかでとろうと思い、マーケットの周辺をうろついていると、まるで火事に遭って焼け残ったようなバラックの前で、六、七歳のいかにもはしっこそうな男の子に、いらっしゃい、と呼びかけられた。

バラックは黒焦《こ》げの柱に古びたトタンが屋根としてのっているだけで、その中にいくつかの食物屋が寄り合い所帯のように入っている。私を呼びとめた男の子は、その片隅《かたすみ》でテーブル三台分のそば屋をしている父親の、手伝いをしているらしかった。香港でもそうだったが、このバンコクでも子供たちがよく働いていた。十歳以上にもなれば一人前に仕事をしていたし、それより小さくてもなんらかの手助けをしていた。しかし、この男の子くらいの幼なさで一人前に店員としての仕事をこなしているのは、やはり相当に珍らしかった。

私は男の子の態度にいくらか人ずれしたものを感じないではなかったが、その健気《けなげ》さに打たれ、勧められるままにテーブルについた。注文したのはクェッティオ・ナム。

ひもかわうどんによく似たその麺《めん》は、私の昼の常食となっていた。

出されたクェッティオ・ナムは麺もスープもおいしそうだったが、一口食べてみて塩味がさっぱりきいていないことに気がついた。スープに塩を入れるのをうっかり忘れてしまったらしい。テーブルには、タイ独特の調味料であるナムプラーや醬油《しょうゆ》は置いてあるのだが、塩がない。

塩がほしい。親父《おやじ》にいくらそう言っても通じない。風貌《ふうぼう》から彼らは華僑《かきょう》ではないかと思えたので、香港でよくやった筆談を試みることにした。紙に《塩》と書いてみたが、親父は首をかしげるばかりだ。どうしてわからないのだろう。しばらく考えて、それが略字であったことに気がついた。しかし正字を思い出そうとしても難かしすぎて出てこない。そこで私は、まず《白》と書き、次に《辛》と書いてみた。するとと親父はわかったらしく、ハンというように頷《うなず》いて、小皿に白いものをのせて持ってきてくれた。指で舐《な》めてみると、間違いなく塩だった。

塩を加えたスープはおいしかった。一滴も余さず飲み干すと、さすがに喉《のど》が渇《かわ》いてきた。冷たいコーラが飲みたくなり、注文すると、その店には置いてないらしく、男の子が走り出し、どこからか買ってきてくれた。

「タウ・ライ?」

いくら、と訊ねると、六バーツという答が返ってきた。相場は四バーツだからかなり高い。

ボラれたな、と思った。

このようないかにも生存競争が激しそうな駅前食堂で手伝いをしているうちに、この男の子にも妙な知恵がついてしまったのだろう。私は苦笑いしながら男の子に六バーツを渡し、麵の代金はいくらだと訊ねると、親父が怪訝《けげん》そうな顔をする。どうやらコーラだけでなく、全部ひっくるめて六バーツだったらしいのだ。それならむしろ安すぎるくらいである。私は男の子に対してまったく無礼な考えを抱いたことへの詫《わ》びのつもりで、ポケットにあった五十サタンをチップとして渡そうとした。しかし男の子はいらないと首を振る。そうか、少なすぎるのか。私が一バーツを取り出すと、男の子ははっきりした声を上げて言った。

「ノー！」

それは幼ない子供とも思えないほど毅然《きぜん》たる拒絶だった。私はバンコクに来てはじめてといえるほどの感動を受けた。その男の子は、チップなどいらない、あるいは貰《もら》ういわれなどないということを、全身で表わそうとしていた。私は自分が受けた感動をどう表現していいかわからず、ただその利発そうな顔を見つめているばかりだった。

ふと、ザックの中の本に和紙でできたしおり人形がはさまっているのを思い出し、底の方から引っ張り出して男の子に手渡すと、珍らしそうに裏や表を眺《なが》めていたが、私がそれをプレゼントしたいと身振りで伝えると、恥ずかしそうな、それでいて嬉《うれ》しそうな笑いを浮かべながら受け取ってくれた。

私は私で、バンコクにおける最後の日に、子供とはいえこんな気持のいいバンコクっ子に会えたことで、大いに気をよくしていた。これからマレー半島を縦断するが、この旅は存外ついているかもしれないな、と思った。もっとも、そう思うことで、マレー半島という皆目見当もつかない土地を縦断しようとしている自分を、どうにか励まそうとしていたのかもしれないのだが。

しばらく駅前をうろついたあとで、少し早目にプラットホームへ行き、すでに入線していた列車に乗り込んだ。

車輛《しゃりょう》は古く、車内はなんとなく薄暗かった。座席は硬い木でできており、片側が二人ずつ向かい合っての四人掛け、通路をはさんで反対の側が三人ずつの六人掛けになっている。普通列車にもかかわらず座席は指定されており、私は三人並びの真ん中に坐《すわ》ることになった。

発車の一時間前にはあらかた席は埋まり、それからも続々と客が乗ってくる。通路が狭いために立っている人はいかにも辛《つら》そうだ。どうしてこんなに混《こ》んでいるのだろう。周囲の乗客に手真似《てまね》とカタコトのタイ語で訊ね、どうにか理解できたところによれば、この日がタイの大連休の前日に当たるためであるらしかった。あるいは、私は悪い時にバンコクを出てきてしまったのかもしれない。

汽車がバンコクを離れると、すぐに農村地帯を走るようになる。

駅といっても周囲の農地や農道と地つづきのところにプラットホームがあるだけで、ふだんは子供たちの遊び場にでもなっていそうなところがほとんどだった。

汽車が着くと大人や子供が群らがり集まってくる。出迎えの人もいたし、ただの暇つぶしの人もいたが、その多くは物売りだった。籠《かご》の中にウゴという果物をつめて売りにくる女もいたし、片手に一房だけモンキー・バナナを握りしめて売りにくる少年もいた。

売られている物は実に多彩だった。ウゴ、バナナ、リンチーなどという果物ばかりではなく、アメやビスケットのような駄菓子《だがし》、イカの丸焼きや焼鳥、それに大きな緑の葉にまぜ御飯を包んだ駅弁のようなものもあった。

発車して少し時間がたって、満員の車輛の中にもある安定した状況が生まれてきた。ところがその安定も、隣の車輛から子供二人を引き連れて移ってきた見るからに厚かましそうなオバサンに、いとも簡単に打ち破られてしまった。

オバサンはどうにかして坐る席を見つけようとしているらしく、ぐいぐいと車輛の中央に割り込んでくる。そして、私の坐っている座席の横で不意に立ち止まった。私は厭《いや》な予感がして、オバサンがどうするつもりなのか見守っていると、すぐ横の四人掛けの席に坐っている少年たちに何事かかきくどきはじめた。四人は仲間らしく、困惑したように顔を見合わせていたが、やがてひとりが諦《あきら》めたように前の席に移っていった。オバサンは空いた席に二人の子供を坐らせ、四人掛けのその席は一瞬にして六人掛けとなってしまった。きっと、この少年たちは休みの前から切符を買い、四人一緒の席で楽しく旅行しようと思っていただろうに、オバサンの厚かましさに台なしにされてしまった。私は隣の四人組の少年に同情したくなった。子供とはいえ、幼児とは違い中学生並の体をしているのだから、立たせておけばいいのだ。この連休前の汽車に、席がないのを承知で子供連れで乗ってくるのは、少々強引すぎる。

だが、オバサンの図々《ずうずう》しさはそれだけにとどまらなかった。子供の心配がなくなると、いかにも今度は自分の番とでもいうように、周囲の座席の様子をうかがいはじめた。しかし、もちろん空いている席などありはしない。

おあいにくさま、と私がいささか意地の悪い気持で見ていると、なんと、私の席の前で三人掛けの通路側に坐っている若い女性が、隣の人に頼んで少しずつ腰をつめ、僅《わず》かでも隙間《すきま》を作ろうと努力しはじめるではないか。ようやく幼児ひとり分くらいの隙間ができると、その女性はオバサンにお坐りなさいと声を掛けた。

オバサンは短かく礼を言うと、当然といった態度でどっかり腰を下ろした。オバサンを横に坐らせてやったその若い女性は、小柄《こがら》ないかにも気《き》っ風《ぷ》のよさそうな人物で、すべてにテキパキして面倒見がよかった。オバサンの前にも、席がわからなくてうろうろしている人に席を探してやったり、大きな荷物を持って困っている人には置き場所を作ってやったりと、誰に対しても親切だった。女ではあるが、日本風に言えば俠気《おとこぎ》のある人、ということになるのだろう。

しかし、三人掛けの席に大人が四人坐っているのだからさすがにきついらしく、どうしてもひとりは腰を浮かし気味にしていなくてはならない。そしてその役割を引き受けているのは、あとから坐ったオバサンではなく、席をつめてやった若い女性の方だった。いかにも窮屈そうで、見ていてかわいそうになってきた。

おまけに、列車は遅々として進まない。単線のため、対向の列車が来るたびに停《と》まって待たなければならないということもあったが、それ以上に貨車の切り離しに時間を食った。この普通列車には、客車ばかりでなく、大量の貨車が連結されていたのだ。

走っているより停まっている時間の方がはるかに長い。まさに鈍行だ。

ツーリスト・インフォメーションで時刻表を見ている時、列車の種類として「エクスプレス」の次に「ラピッド」とあるのが眼《め》に留まった。ラピッドというのは普通列車よりどの程度速いのか。私が訊ねると、インフォメーションの係員は、とにかく走る、と極めて簡潔に答えてくれた。私はその言葉を、かなりのスピードで疾走する、という意味に受け取り、別に一時間を急ぐ旅でもなし、それならと普通列車で行くことにしたのだ。しかし、ラピッドとは、彼の言葉の通り、鈍行に比べれば停まっているより走っている時間の方が長い、つまり、とにかく走る、という列車だったのだ。

私はしばらく様子を眺めていたが、若い女性がその親切さの故《ゆえ》に貧乏籤《びんぼうくじ》を引かされているというのに、知らぬふりをしているわけにはいかない、という気分になってきた。それこそこちらの俠気が許さない。

この列車に食堂車がついていることは知っていた。昼食が遅かったのでさほど腹は減っていなかったが、彼女の意気に感じてしばらく食堂車に行っていることにした。その間だけでもこちらの席に坐っていれば、彼女もいくらか楽だろう。坐りませんか。身振りを混じえてそう言うと、彼女ばかりでなく、その席の全員がホッとしたような顔をした。ただ、問題のオバサンだけは、関係ないわとでもいうように顔をそむけていた。

食堂車も大混雑で、テーブルはどこもふさがっていた。坐れないからといってすぐに自分の席に戻るわけにはいかないし、どうしたものだろうとその場に立ちつくしていると、背後から英語で声を掛けられた。

「来なよ、ここが空いてるよ」

振り向くと、二人連れの男性が彼らのテーブルの空いている席を指さしている。四十から五十にかけての、なかなか渋い感じのタイ人だった。私は礼を言ってその席に坐らせてもらうことにした。

席についたものの、注文の仕方がわからずキョロキョロしていると、それを看《み》て取ったひとりが私に訊ねかけてくれた。

「何が食べたいんだい？」

タイの食堂車にどのようなメニューがあるのか見当もつかなかった。だが、彼らのテーブルの前にのっているタイ風チャーハンはいかにもおいしそうだった。横に玉子焼と生の胡瓜《きゅうり》もついている。

「それと同じ物がほしいんですけど」

私が言うと、彼らは少し驚いたようだったが、すぐに嬉しそうな顔になり、そうか、これを食べたいのか、それはいい、と口々に言いながら、ウェイターを呼んで注文してくれた。金を払おうとすると、二人は口を揃《そろ》えて、ノー、と言い、自分たちで勝手に払ってしまった。私は素直に感謝して、彼らに奢《おご》ってもらうことにした。

食べながら、いろいろ質問をされた。齢《とし》はいくつだ、どこから来た、タイは気に入ったか、バンコクはどうだった……。

「バンコクは、とにかくやかましい街でした」

私が答えると、二人は笑いながら大きく頷《うなず》いた。彼らは南部の農村の出身とかで、バンコクに住む現在も、あの騒音には慣れることができないという。

「これからどこに行くんだい？」

ひとりが訊ねてきた。

「チュムポーン」

「どうしてまたそんなところに？」

「別に目的はないんですけど……」

うまくこちらの気持を伝えるのは難かしそうだったので、逆に彼らの目的地を訊ねてみた。ハジャイ、ということだった。ハジャイはマレーシアの国境に近い、南部タイの中心地で、バンコクやチェンマイと並ぶ大きな町だという。

「仕事ですか？」

「そうだな」

「どんな？」

「ハジャイから少し奥に入ったところに行って、売り込みと買い付けを同時にしてくるのさ」

「何の、ですか」

しかし、彼らはそれに対しては口を濁し、どんな物であるのか教えてくれなかった。見ると、煙草《たばこ》を吸いはじめたひとりの手の甲にタイ文字の刺青《いれずみ》が彫られている。あるいは、あまり大っぴらにはできない物なのかもしれない。しかし深く穿鑿《せんさく》する気にはなれなかった。私に食事を奢ってくれたセールスマン兼バイヤー。それで充分だった。

「チュムポーンの次はどこへ行くんだい？」

手の甲に刺青のある男が言った。

「まだ決めていないんですけど……」

「それなら、ソンクラーに行くといい」

「ソンクラー？」

私が訊《き》き返すと、もうひとりの男が引き取って答えた。

「ハジャイの近くの港町さ」

私が中途半端に頷くと、刺青のある男が付け加えるように言った。

「綺麗《きれい》な海岸があるんだ。パタヤなんかより、ずっといい」

そういえば、旅に出てから、まだ一度も泳ぎに行ったことがない。海もいいな、と思った。

「ソンクラーはいいぞ……」

刺青のある男が夢を見るような調子で呟《つぶや》いた。それを聞いた瞬間、私はソンクラーに行ってみたくなった。チュムポーンの次はソンクラーだ。私は目的地がひとつできたことを喜んだ。

食事が終り、彼らと話し込んでいると、客がテーブルの横に立って、空くのを待ちはじめる。もっと長居をしたかったが、仕方なく彼らと別れ、自分の席に戻った。

再び前の席は四人掛けとなり、私の席から移っていった若い女性は、以前よりさらに窮屈そうに体を小さくしている。見るに見かねてまた声を掛けた。

時計を指さし、三十分ほど立っていますからこちらにお坐りなさい、三十分したら替わってください、と言った。私としては、あの席はもう諦《あきら》めて、こちらの席を三十分ずつ交替に坐っていきませんか、と提案したつもりだった。

若い女性は感謝深い眼差《まなざ》しで私を見つめると、何度も礼を言いながらこちらの席に移ってきた。あとから来たオバサンがソッポを向いているのが癪《しゃく》だったが、彼女の眼差しに免じて許してやろう、と私はかなり寛大な気持になっていた。

立っている三十分は長かったが、ようやく過ぎた。ところが、いつまで待っても替わろうと言ってこない。彼女がうっかりしているのなら、他の誰かが教えてくれてもよさそうなものだが、ひとりとしてそれに気がつこうとしない。あまり格好がいい行為とは思えなかったが、さりげなく、しかしいくらか目立つように腕時計を見たりしてみた。だが誰も反応してくれない。さらに十分が過ぎ、二十分が過ぎ、三十分が過ぎても、替わろうという気配はまるで見えない。どうしたというのだろう。

不吉な予感がしはじめた。もしかしたら、あの席は彼女に譲ったと誤解されてしまったのではあるまいか。だからこそ、あのように深く感謝され、礼を言われたのではないだろうか。恐らくそうだ、そうに違いない。三十分たったら替わってくれ、という部分がうまく伝わらなかったのだ。

この列車がチュムポーンに着くのは深夜二時を過ぎるはずだ。ということは、これから六時間以上も満員の列車の中で立っていなければならないことになる。私はいささか絶望的な気分になってきた。だからといって、今更それは誤解ですから替わってくださいとは言い出しにくい。その分の感謝と礼の言葉はすでに受けてしまっているのだ。

私は途方にくれて、ぼんやりと立ちつくしていた。ふと、誰かがこちらを見ているような気がした。眼をやると、斜め前の席に坐っている若者たちが、心配そうに私を見つめている。四人掛けの席に坐っているその五人の中に、ひとりだけ少女がいた。眼があったので何気なく笑いかけると、たどたどしい英語で話し掛けてきた。

「私、言おうか、あの人に」

彼らは私が困惑している理由をわかってくれていたようなのだ。しかし、少女がそう言ってくれると、急に席などどうでもいいような気がしてきた。同情を示されたことで私は充分に満足してしまったらしい。

「ありがとう。でも、いいんだ。この席はもう譲ったんだ」

言ってしまってから、少し粋《いき》がりすぎたかなとは思ったが、後悔はしなかった。

「どこ、あなた、行く?」

その中のひとりが少女と同じ程度の英語で訊《たず》ねてきた。

「チュムポーン」

私が答えると、彼らがワッと歓声を上げた。僕たちもそうなんだ、チュムポーンへ行くんだ、と口々に言う。

「何、あなた、行く？」

少女が言った。何をしに行くのか、と訊ねたかったのだろう。それを彼女に説明をするのは食堂車の二人連れにする以上に難かしそうだった。

「観光さ」

私が簡単に言うと、全員が怪訝《けげん》そうな表情を浮かべた。バンコクのツーリスト・インフォメーションで勧められたのさ、と付け加えると、さらに不思議そうな顔になった。

「君たちは？」

「家に帰るの」

少女が嬉しそうに言った。

「バンコクで働いているの？」

私の質問に少女が代表して説明してくれたところによれば、彼女は衣料関係の工場で働いているが、一緒にいる兄とその友達の三人はバンコクで勉強をしているのだという。この連休でみんな揃《そろ》って故郷に帰ることにしたのだという。それで男四人に女一人という組み合わせの理由がわかった。

話しつづけていると、ひとりの若者が床に腰を下ろし、空いたところに坐れと手で合図する。一度は遠慮したが、みんながあまり熱心に勧めるので、しばらく坐らせてもらうことにした。

私がチュムポーンの若者たちの席に坐ってからの数時間というものは、まるで「日泰親善の夕べ」かなにかのようになってしまった。

彼らは、ザボンはくれるわ、メンソレータムのような匂《にお》いのするアメはくれるわ、カリン糖はくれるわ、大変だった。持っているものをくれるだけでなく、深夜になっても群らがってくる駅の物売りから、ジュースやイカの丸焼きを買ってくれたりもした。こちらも、汽車の中で腹が空いた時のために買っておいた、チョコレートやラスクを配った。彼らがタイの流行歌を何曲か歌えば、こちらも負けじと日本の演歌を歌う。歌い終ると周囲から大拍手を受け、そんなことは日本でも滅多になく、つい調子に乗って三曲も歌ってしまった。

そんなことをしているうちに、時間はまたたく間に過ぎていった。

2

列車は一時間ほど遅れて午前三時にチュムポーンに着いた。

暗いプラットホームに降り立つと、いくつかあるベンチは野宿をする人に占領されているのが見えた。バンコクのツーリスト・インフォメーションで、列車が深夜の二時に着くと聞かされて、宿はどうしたらいいか訊ねると、寝るところくらいすぐに見つかるさ、という答が返ってきた。なるほど、それは駅前に安ホテルがいくつもあるというのではなく、文字通りベンチをはじめとして寝る場所ならあるということだったのだ。確かに、バンコクを十時間もかけて南に下ってきただけのことはあって、夜とはいえ野宿をしても困らないくらいに暖かかった。ラピッドの説明といい、この寝る場所のことといい、タイでは言われたことを深く読み直したりせず、そのまま素直に受け取った方が誤まらないのかもしれない。

プラットホームから駅の周辺を眺《なが》め渡したが、月明かりに背の高い椰子《やし》の木が照らされているばかりで、およそ商店街などと呼べるようなところはありそうもない。いったい宿屋があるのかどうかさえも覚つかない。

「どこ、寝る？」

私の戸惑いがわかったらしく、少女が心配そうに訊ねてくれた。

「決めてないんだ」

私が言うと、彼らは五人で何事か相談しはじめた。そして、結論が出たらしく、少女の兄が、

「寝る、僕の家」

と言った。うちに来ないかと誘ってくれたのだ。野宿をしてもいいが、知らぬ土地の駅の構内で寝るというのには、いささか不安がないこともなかった。彼の申し出はまさに渡りに舟のありがたいものだった。

駅のホームから月明かりを頼りに五分ほど歩き、細いドブ川を渡ると、兄妹《きょうだい》の家に着いた。道だか庭だかわからない小さな空地の向こうに、木造の粗末な家屋がある。兄が戸を叩《たた》くと、中から母親らしい年配の女性が、眠そうな顔をして出てきた。

兄が小声で何事か告げると、母親は私の方に眼《め》を向けた。暗くてはっきりとは見えないが、あまり機嫌《きげん》のよさそうな顔ではない。そのうちに低いが鋭い叱声《しっせい》が聞こえてきた。兄はしだいにうなだれ、やがて済まなそうに戻ってきた。

無理はない。深夜、子供が行きずりの異邦人を連れて帰って、いきなり泊めてくれ、などと言い出したら、その母親でなくとも叱《しか》り飛ばしたくなるだろう。非常識だと思わないではなかったが、もしかしたらこの南の地ではそのようなことが許されているのかもしれない、と甘い期待を持ってしまったこちらが悪いのだ。

若者たちはまた額を寄せて相談していたが、この兄妹の家にかわる所はないらしく、面目なさそうに首を振る。

「どこかに……安いホテルはないだろうか」

私が呟くと、彼らはホッとしたように息をつき、それならこっちに、とさっき歩いてきた道を元気に引き返しはじめた。

駅に戻り、さらにそこを通り過ぎ、二百メートルほど行くと、彼らは薄汚れた建物の前で立ち止まった。どうやら、そこが彼らの選んでくれた安ホテルのようだった。何度か扉《とびら》をノックすると、中から起きぬけの不機嫌そうな顔をした男が出てきた。しかし、私の姿を見ると犬を追い払うような手つきをし、若者たちが何かを言う前に早口でまくしたて、荒々しく扉を閉めてしまった。

「ルーム、ノー」

ひとりがそう言って慰めてくれたが、実際に部屋が空いてなかったのか、異邦人を泊まらせるのが面倒だったのか、それとも私の風体を胡散臭《うさんくさ》く思ったのか、確かなことはわからなかった。

若者たちは途方に暮れたようだった。もう午前四時だ。彼らも眠いに違いない。ありがとう、朝まで駅で過ごすから、ここで別れよう。私が言うと、彼らはまた相談をしはじめた。タイ語のため内容はわからないが、珍らしく意見が割れているらしい。とりわけ、少女が強く反対しているようだった。しかし、やがてみんなに説得され、仕方ないというように頷いた。

彼らが次に連れていってくれたのは、前よりはるかに駅寄りに位置しているホテルだった。だが、建物はさらにくたびれている。扉を叩くと、小さな覗《のぞ》き窓から、眼つきのあまりよくない男が顔を出した。若者たちが口々に事情を説明すると、男の表情から少しずつ警戒の色が消えていった。そして扉を開け、中に入れという仕草をした。

「ルーム、オーケー」

若者のひとりが嬉《うれ》しそうに言った。彼らは部屋代の交渉をしてくれ、三十バーツ、四百五十円にまで値切ってくれた。

その間に暗い内部を見ていたが、いかにもいわくがありそうな宿だった。少女が反対した理由もわかりそうな気がする。

真っ当な宿ではないだろうが、駅で野宿するより危険ということもあるまい。そのうえ、三十バーツと格安だ。とにかく泊めてもらうことにしよう。

明日の再会を約し、若者たちが帰っていったあとで、男が部屋を案内してくれた。部屋は三階にあった。三階といっても、二階の屋上の半分にバラックを建て増しただけのことで、二階から三階への階段を登り切ると月と星が見えるくらいだった。それでも、そのバラックには廊下があり、左右に二つずつの部屋が並んでいる。

私の部屋は左側の奥にあった。中央にダブルベッドがあり、その真上に裸電球がぶら下がっている。部屋にあるのはそれだけで、洗面所もなければトイレもついてない。鍵《かぎ》などはなく、内側から簡単な止め金をかけるだけだった。

男が出ていくと、私は寝心地を試すためにベッドの上に横になってみた。一度か二度、クッションの具合をみるために体を動かした記憶はあるが、よほど疲れていたらしく、靴《くつ》をはき洋服を着たままの格好でいつの間にか深い眠りに落ちていた。

遠くから楽器の音が聞こえてくる。夢かなと思っているうちにも、その音はしだいに近づいてくる。バンドがマーチを演奏しながら行進しているらしい。そういえば、今日はタイの祝日だとかいっていた。そのパレードでもあるのだろうか……。

そこまで頭の中で考えた時、ようやく眼が覚めた。時計を見ると、午前十一時をすでに廻《まわ》っている。六時間以上もこんな姿で寝ていたのかとびっくりした。

とにかく、顔を洗い、歯を磨《みが》きたかった。洗面道具を持って部屋を出ると、前の部屋の戸が開け放たれている。覗《のぞ》くつもりはなかったが、ベッドに若い女がひとり横になっているのが見えた。慌《あわ》てて眼をそらし、バラックの入り口にある便所兼洗面所に向かった。

ヒゲを剃《そ》り、歯を磨き、さっぱりした気持で部屋に戻りかけると、廊下にさっきの女が立っている。明かるい光の中で見てみると、女は少しも若くなく、四十はとうに超えていそうだった。髪が長く小柄《こがら》なため、錯覚を起こしてしまったらしい。その女が、胸にバスタオルのような布を巻きつけただけの格好で立っている。眼が合うと、顔をくしゃくしゃにして笑いかけてきた。鼻の大きくつぶれた不美人だったが、善良そうなその笑い顔につられて、思わず私も笑ってしまった。

「スリープ？」

笑いながら女が言った。スリープ？　意味がわからず、彼女の口元を見つめていると、部屋の中のベッドを指さし、また同じ言葉を繰り返した。

「スリープ？」

寝ないか、と言っているつもりなのだ。

女は娼婦《しょうふ》のようだった。朝だというのに、寝ないかと言う。その誘いの唐突さに、どう応じていいものかまごついていると、部屋の奥から二、三歳の男の子が走り出してきた。手にプラスチックの自動車を持っている。上にランニングシャツのようなものは着ているが、下半身には何もつけていない。その子が廊下でひとり遊びをしはじめた。

このホテルも真っ当な宿だとは思っていなかったが、子持ちの娼婦が居ついているとは想像もしていなかった。

「スリープ？」

三度同じ言葉を繰り返した。私は毒気を抜かれ呆然《ぼうぜん》としてしまった。子供がいるというのに、どのように商売をするつもりなのだろう。もちろん寝る気はなかったが、余計なことまで心配してしまった。

「ノー」

私は首を振って部屋に入った。

窓を開けると、ちょうど表の通りを楽隊が行進しているところだった。小学校の鼓笛隊に毛がはえたようなものだったが、みんな一生懸命に演奏していた。

突然、ドアがノックされた。昨夜の若者たちかな、と私は思った。昼頃《ひるごろ》ここに来てくれると言っていたからだ。

ドアを開けると、女が立って笑っている。

「スリープ？」

商売熱心なのはけっこうだが、少々しつこい。

「ノー、ノー」

と私は強く首を振った。だが、女は依然として笑っている。その時、彼女の笑いには、ただの愛嬌《あいきょう》のよさばかりでない、しまりのなさがあることに気がついた。どこか一本ネジがゆるんでいる。

よく見ると、皮膚にはおよそ艶《つや》がなく、鼻翼から頬《ほお》にかけてはただれたような跡がある。これでは、客もつきはしまい。昨日ばかりでなく、ここ何日と客を取れなかった。だから必死なのかもしれない。俺《おれ》には女を買うというような余分な金の持ち合わせはない。そのことを先に言っておいてやった方が親切というものだろう。

「ノー・マネー」

私はそう言い、ジーパンのポケットを裏返して見せた。すると、女は妙にはっきりした声で言った。

「マネー、ノー」

金はいらないだって？　それも手管《てくだ》のひとつなのだろう。私がドアのノブに手を掛けると、女がまた言った。

「アイ・ラヴ・ユー」

恐らく、彼女の知っている英語は、スリープとマネーとアイ・ラヴ・ユーの三つしかないのだろう。ただ知っている英語をただ言ってみただけだ。そうは思うのだが、彼女の言葉の中にこもっている不思議に優しい響きが、私を混乱させた。

不意に、女が首にかかっているペンダントをはずしにかかった。動きが鈍く、なかなかはずれなかったが、ようやく取ると、私にそれを見せようと差し出した。

その瞬間、胸の上で留めていた布きれの結び目がほどけ、床に落ちた。女の裸が眼の前にあった。しなびて垂れ下がった乳房、何人も子供を生んだらしい皺《しわ》だらけの下腹、肉がそげ抉《えぐ》れたようになっている内股《うちまた》。体は顔以上に無惨《むざん》だった。

しかし、顔をそむけるわけにはいかなかった。布きれを拾い上げ、差し出されたものを受け取った。それは銀メッキもはげかかった十字架のペンダントだった。別に珍らしいものでもない。なぜこんなものを見せようとするのか。

ゆっくりと眺め、ありがとうと返すと、女は右足を引きずるようにして自分の部屋に戻り、紙切れを持ってきた。手渡されたものを見ると、それは小さなマリア像の絵の切り抜きだった。

「アイ・ラヴ・ユー」

女がまた言った。前よりさらに優しく暖かく響いた。マリア像の絵を眺め、彼女のアイ・ラヴ・ユーという言葉を聞いているうちに、私は奇妙な気分になってきた。齢《とし》を取り、子を連れ、体を朽ちさせてしまった娼婦。病気のせいか片足を引きずり、顔にはひどいただれがある娼婦。しかし、だからこそ拒んではならないのではあるまいか……。

それがひどく倒錯した考えであることは自分でもわかっていたが、ひとたび捉《とら》われはじめると頭から容易に離れていかなかった。

欲望はなかった。しかし、奇妙な使命感が体を熱くした。

私は女に声を掛けようとした。しかし、それより早く、男の子がプラスチックの自動車と共に、かわいい声を上げて私の部屋に入り込んできた。床に自動車を走らせ、這《は》い廻っている。その姿を見ているうちに、妙に昂揚《こうよう》した気分がゆっくりと消えていった。助かった、と私は思った。

階下で若者たちがホテルの男と話をしている声がする。部屋の場所でも訊《き》いているのだろう。やがて、少女を除いた四人が姿を現わした。部屋に入ろうとして、そこに女がいるのを見て、びっくりしたようだった。

誤解されるかもしれないと思ったが、気配から何も起きていないと察したらしく、若者のひとりが鋭い言葉つきで女を追い払おうとした。いや、いいんだ、と言いかけたが、他のひとりが私を制し、頭がおかしいんだという仕草をした。
女はまたしまりのない笑顔に戻り、足を引きずりながら部屋に戻っていった。男の子もしばらく私たちの顔を見廻していたが、やがて母親のあとを追うようにして走り去った。

若者たちは、今日一日、私の相手をしてくれるつもりだったらしい。だが、よく考えてみれば、久し振りに故郷に帰ってきた彼らに、そのようなことで無駄《むだ》に休日を使わせてしまうのはあまりにも申し訳なさすぎる。私にしたところで、このチュムポーンで特別にしたいことや見たいものがあるわけではなかった。それに、子連れの娼婦の姿が、私の気分をどことなく沈んだものにさせていた。彼女のいるこの町で、若者たちと陽気に遊ぶということが、なぜかためらわれるように思えた。

「これから、すぐにソンクラーへ行こうと思うんだ」

私が告げると、彼らは残念がったが、強く引き留めようとはしなかった。彼らもどう相手をしていいかわからないところがあったのだろう。

ホテルに金を払い、駅に向かった。若者たちも一緒についてきてくれ、列車の時刻を調べてくれた。

この時間にはハジャイまでの直行便はなく、スラタニーという町で乗り換えなくてはならないとのことだった。チュムポーンからスラタニーまで、急行なら三時間足らずの距離だが、鈍行だと八時間以上もかかるという。しかし、どうせここまで鈍行できたのだ。ついでだから鈍行で行くことにしよう。そう決めて、正午発のスラタニー行きの普通列車の切符を買った。プラットホームで彼らと別れる時、彼らと会うことは二度とないのだろうなと思い、いくらか感傷的になった。

列車は昨夜の混《こ》みようが信じられないくらい空いていた。私はザックの中から本を引っ張り出し、足を伸ばして読みはじめた。

本は岩波版中国詩人選集の『李賀《りが》』の巻だった。どうしてこの旅にそのような本を持ってきたのか。それは私がとりわけ漢詩を愛好していたからというわけではなかった。ただ、当たり前の小説や紀行文だとかいったものだと一日もすれば読み終ってしまうが、漢詩なら読み終るということがないような気がしたのだ。たとえ読み終っても、そこに出ている漢字を眺めていれば、どんなふうにでも想像が広がっていく。『李賀』は薄い本だったが、どんな厚い推理小説より長く保《も》ちそうに思えた。あるいは、私は辞書を持っていってもよかったのかもしれない。辞書の替わりに漢詩集をザックに詰めた。

だから、漢詩であれば誰の詩集であってもかまわなかった。李白でも杜甫《とほ》でも、白居易でも陶淵明《とうえんめい》でもよかった。李賀を選んだのはほとんど偶然にすぎない。出発の何日か前に本屋へ行き、中国詩人選集の棚《たな》から一冊を抜き取ったのだ。しかしただ、『李賀』の巻に指が掛かった理由のひとつに、彼が二十七歳で死んだということがあったのは確かである。私もまた、間もなく二十七歳になろうとしていた。

李賀は唐代としては珍らしく幻想的な詩を多く書いた詩人である。『李賀』の注を施している荒井健によれば、李賀は死後「鬼才」と呼ばれるようになるが、それは彼のためだけにできた言葉だという。すなわち、李白を天才、白居易を人才、李賀を鬼才と呼び、中国においては、李賀以外の文学者に鬼才という言葉を冠することはないのだという。

鬼才というにふさわしく、李賀の詩は夢と現《うつつ》を往き来する。それだけに、とにかく難解だった。他の詩人の作品なら、字を眺めているとぼんやり詩の意味がわかってくることがある。しかし、李賀の詩にかぎってはそのようなことはほとんどありえない。訓読されたものを読み、注を参照してもまだわからない。訳を読み、もういちど原詩に戻って、ようやく少し理解できるという程度なのだ。

李賀は、その心の底に深い虚無を抱いていたらしく、どの詩を読んでも昏《くら》く陰鬱《いんうつ》な印象を受ける。白昼を舞台にしていてさえも、常に薄い闇《やみ》に覆《おお》われている。しかし、その闇を斬《き》り裂いて、閃光《せんこう》のような激情がほとばしる瞬間がある。それが幽鬼と死霊の跋扈《ばっこ》する夢魔の世界を一瞬にして純一な青年の悲哀で満たすのだ。

私はその李賀を読んだり、窓の外の景色に眼を向けたり、駅の物売りから果物を買って食べたりしながら、ゆったりした気分でスラタニー行きの鈍行に乗っていた。

やがて夕方から夜に入り、陽《ひ》が完全に沈み切ると、ゆっくり月が登ってくる。満月だ。椰子《やし》の木蔭《こかげ》には小さな沼が散在する。その沼に、月が美しく映る。

閉じた本を拡《ひろ》げると、こんな一節が眼に留まる。

月午樹無影　　月午にして　樹に影無く
一山唯白暁　　一山　唯だ白暁
漆炬迎新人　　漆炬　新人を迎え
幽壙蛍擾擾　　幽壙　蛍　擾々たり

月が中天にかかって、樹《き》に影はなく、山はすべて、青白い暁の光。鬼火《おにび》が死者の花嫁を迎え、奥深い墓穴にはほたるが群らがり飛ぶ——という訳を読み終え、ふっと眼を上げると、窓の外に美しく煌《きら》めくものがある。ガラス窓に顔をつけ、外を見ると、それは線路脇《わき》の藪《やぶ》にまとわりついている蛍の光だった。私はその不思議な符合に心を動かされ、何百、何千のクリスマス・ツリーが続いているような窓の外の光景を、飽きずに眺《なが》めつづけた。

3

スラタニーに着いたのは八時半だった。ハジャイ行きの夜行列車は十一時に出るという。それまでの時間に夕食をとっておくことにした。

駅前には何軒かの商店と映画館があるだけで閑散としている。その中の一軒で、ココロとよく太った姉と弟がやっている食堂に入った。私が日本人とわかると二人は大喜びをし、メニューにない料理を作るため近くの店に買い出しに行ってくれた。どんなものを作ってくれるのか楽しみに待っていたが、出てきたのは何の変哲もないチャーハンだった。どうやら、卵と野菜と共に入っているウィンナ・ソーセージが、日本人の私のための特別の具であったらしい。

できるのを待っている間に、二人が熱心に見ていた雑誌を借りて、パラパラとめくった。それはタイの映画雑誌だったが、驚いたことに日本の俳優が続々とグラビアで登場してくる。森田健作、竹脇無我、志垣太郎、近藤正臣……。とりわけ森田健作と竹脇無我の人気は高いらしく、扱いも大きく派手だった。この店の壁にも竹脇無我の写真が貼《は》ってある。

私が食べていると、いつの間にか近所の子が集まってきて、もの珍らしそうに眺めている。姉弟に日本人だと教えられると、英語のカタコトが喋《しゃべ》れる少年が、おずおずと訊《たず》ねてきた。

「タケワキを知っているか」

予備知識があったのでそれが竹脇無我をさしているとすぐに察しがついた。

「知っている」

「フレンドか」

「フレンドではないが、知っている」

「ではフレンドではないか」

面倒なのでイエスと言ってしまった。

「イエス、タケワキ、マイ・フレンド」

すると、その傍《そば》で私たちのやりとりを聞いていた男の子が「ジュードー」と叫んだ。

別のひとりが「コードーカン」と言う。つまり、竹脇無我が主演した『姿三四郎』がタイで大ヒットしたため、地方の子にとっては、日本人は誰でも竹脇無我を知っていて、柔道に精通しており、講道館に属しているということになっているらしいのだ。

「おまえもジュードーをやるか」

中学の体育の時間に少し練習しただけだったが、竹脇無我を友達だと大袈裟《おおげさ》に言ってしまったついでというわけでもなかったが、つい頷《うなず》いてしまった。

「イエス」

「コードーカン？」

「イエス」

そこにいた子供たちは大きな声で歓声を上げた。そして、みんなで叫び合うと、ひとりの男の子がどこかへ走り去り、しばらくして引き締まった体つきの若者を連れてきた。

「誰だい？」

訊ねると、タイ式ボクサーの卵だという。どちらが強いか闘ってみてくれというのだ。助けてくれ、と悲鳴を上げたくなった。

柔道とタイ式ボクシングとの決闘を期待している子供たちには悪いが、ここで肋骨《ろっこつ》でも折って日本に帰らなくてはならないなどということになったら眼も当てられない。やる気充分のタイ式ボクサーの卵に、敵に後を見せるわけではないが、講道館では私闘が禁じられている、と日本語で重々しく言い、英語の少しわかる少年には、

「残念ながら今日は時間がない」

などといい加減なことを言い、やっとのことでその食堂から脱出した。

疲れていたのだろう。ハジャイ行きの列車に乗り込むとすぐに眠り込み、眼《め》を覚ますとハジャイの駅に着く十分前だった。

朝六時。さすがにハジャイはチュムポーンやスラタニーより大きな町だった。しかし、まだバスは動いていないという。列車から降りた客は次々と乗合いタクシーでどこかに走り去っていく。タクシーなど贅沢《ぜいたく》すぎると思ったが、ソンクラーまでなら六バーツというので乗ってみた。

相乗りの客は四人。全員がソンクラー方面に向かうのだという。中にひとり英語を話す婦人がいて、ソンクラーに泊まるなら海の傍のサミラー・ホテルにしなさいと熱心に勧めてくれた。部屋代はいくらくらいだろうと訊ねると、急に曖昧《あいまい》になり、自信なさそうに四十か五十バーツではないかなと答えた。ソンクラーに住んでいるので、

彼女自身は泊まったことがなかったのだ。だが、かりに五十バーツだとしても、それで海沿いのホテルに泊まれればありがたい。私はタクシーの運転手にサミラー・ホテルで降ろしてくれるよう頼んだ。

やがてタクシーはソンクラーの街に入り、客はひとりずつ降りていく。最後まで残った私を乗せて、タクシーは海に向かってさらに走った。

「あれだよ」

と運転手に指さされ、困ったなと思った。それが海岸の最もいい位置に一軒だけ建っている、白い瀟洒《しょうしゃ》な外観をもつ建物だったからだ。

海岸まできた料金として三バーツの割増金を取られ、腹を立てながら中に入っていって、やはり悪い予想が当たっていたことを知らされた。洒落《しゃれ》たリゾート・ホテルといった趣きの内装で、いかにも高そうだった。念のためフロントで聞いてみると、エアー・コンディションなしの最も安い部屋で百二十バーツだという。日本のリゾート地に比べれば、千八百円はとてつもなく安い値段だが、これから先に長い旅をしなくてはならない私には高すぎる。

だが、ソンクラーの街にどうやって戻っていいかわからない。それに面倒だ。夜行列車に乗ってきたのでシャワーも浴びたいし、海にも入りたい。海は静かで綺麗《きれい》そうだった。

私がロビーで迷っていると、階段から二人の婦人が下りてきた。その顔を見て、私はびっくりした。日本人だったからだ。タイの、しかもこのような果ての海岸で、日本の女性に出会うとは思いもかけないことだった。

その二人の婦人は、私の眼の前を通って外に出ていこうとした。ひとりは中年、もうひとりはその母親といった年齢の老婦人だった。彼女たちが若い女性ではないという安心感も手伝ってのことだったろうが、通り過ぎた瞬間、私は思わず声を掛けてしまった。

「こちらにお泊まりですか？」

二人は、突然、日本語で話し掛けられたことに驚いたらしく、えっ、というような小さい声を上げて振り向いた。

「このホテルは、いいですか？」

わかりきっていることを重ねて訊いた。

「ええ……」

中年の婦人が警戒をするような硬い表情のまま曖昧な返事をした。しかし、私が旅の途中でたまたまソンクラーに立ち寄ることになり、いまこのホテルに泊まろうかどうしようか迷っているところなのだと説明すると、中年の婦人はようやく納得してくれたらしく、表情を和らげて答えてくれた。

「静かで、なかなかいいホテルですよ」

私にとっての問題は静かさより料金だったが、そのようなことは気振りにも出さず、それはいいなあ、などと見栄《みえ》を張って呟《つぶや》いてしまった。老婦人も穏やかな笑いを浮かべて頷いている。私は急に彼女たちが泊まっているこのホテルに泊まりたくなってしまった。

「それにしても、こんなところで日本の方にお会いするとは思いませんでした」

中年の婦人が笑いながら言った。どうやら彼女はバンコクで生活している人らしく、日本から遊びにきた母親を案内するついでに、夫と三人でここまで足を伸ばしてみた、ということのようだった。

二人が外に出ていったあとで、しばらく考えてやはり泊まることにした。私は久し振りに聞いた耳に優しい日本語を、もう一度聞きたいと思ったのかもしれない。

シャワーを浴び、さっぱりした気分でベッドにもぐり込んだ。洗ったばかりのシーツが心地よかった。旅に出て以来、シーツといえば酷使されくたくたになった灰色の綿布か、何人寝てもわからないように薄汚れた色のついたタオルケットまがいのものばかりだったので、そのシーツの白さは眼に眩《まぶ》しいくらいだった。

昼過ぎに起き、朝食と昼食を兼ねた食事をとり、泳ぎに出た。

ホテルにはプールがあり、泊まり客のほとんどはそこで日光浴をしていた。ホテルの前の長く美しい海岸には、たったひとりの客しかいなかった。この海と空が僅《わず》か二人のためだけにある。私は砂浜に横になりながら、なんと豪奢《ごうしゃ》な、と思わずにはいられなかった。

チュムポーンへ行く列車の食堂車で知り合った、手の甲に刺青《いれずみ》のある男の言っていたことに嘘《うそ》はなかった。しかし、海と空のほかにはなにもないようなこのソンクラーに、ほとんど渇仰といえるほどの憧《あこが》れを抱いていたところをみると、彼はやはり危険の多い仕事をしているのかもしれない。

砂浜で甲羅干《こうらぼ》しをしたり海に入ったりを何度も繰り返し、陽差しの強烈さと潮水の辛さを心ゆくまで味わってから、ホテルに引き上げた。シャワーを浴びてベッドに横になると、また眠くなった。

夜、腹が空いて眼が覚めた。時計を見ると七時になっている。夕食はソンクラーの街に出かけて安く上げるつもりだったが、それには少し遅すぎるような気がする。私はホテル内のレストランで最も安い一品料理を食べることにした。

案内されたテーブルの斜め横に、日本人が三人で囲んでいるテーブルがあった。朝会った老婦人と中年の婦人とその夫らしい男性の三人だ。中年の婦人は私に気がつくと笑いながら声を掛けてきた。

「お泊まりになったんですね」

「ええ」

私のことはすでに話題として出ていたらしく、夫が振り向いて軽く会釈《えしやく》した。私も挨拶《あいさつ》を返すと、もしよろしければこちらのテーブルにいらっしゃいませんか、と言った。ひとりで黙々と食べるより、大勢で喋りながら食べる方がおいしいに決まっている。私は喜んで席を移させてもらった。

食事が終ると、呑《の》みませんか、と誘われた。老婦人は疲れないようにと先に部屋に戻ったが、中年の日本人夫妻と三人でホテルのバーへ行った。そこで私は、実に久し振りに上等なスコッチを口にすることができた。奢《おご》ってくれるつもりらしい相手に卑《いや》しいと思われないようにと遠慮しつつ、それでも気がついてみると六、七杯はグラスを空けていたようだった。

翌朝、ソンクラーを発《た》った。

前夜、夫妻とは結局十一時近くまでバーにいた。私は思う存分日本語で話せるのが楽しくて、香港やマカオでの出来事を陽気に喋りつづけた。二人も面白がって聞いてくれ、この続きはまた明晩ということにして、ようやくそれぞれの部屋に引き上げたのだ。しかし、ベッドに入り、冷静に考えてみると、このサミラー・ホテルにもう一泊するのはよくないのではないかと思えてきた。金の心配もあったが、こんな快適な宿に何泊もしていると、安宿を泊まり歩いて前に進んでいくのがいやになってしまわないかと不安になったのだ。とにかく、シンガポールに向かって一歩でも前に進むべきではないか。私はベッドから身を起こし、バンコクのツーリスト・インフォメーションで貰《もら》ったマレー半島の簡易地図をザックから取り出し、一時間ほど眺めたあとで、これからすぐに香港の馬春田たちが絶讃《ぜっさん》していたペナンに向かおう、と決めたのだ。

朝食のあと、三人に挨拶をしてホテルを出た。ソンクラーの街からハジャイまでバスに乗った。値段は五バーツ。ハジャイからソンクラーまでの乗合いタクシーが六バーツだったから、大して変わらない。タイではバスにこだわらず乗合いタクシーをもっと利用すべきだったのだ。そんなことがタイを出ようとする時になって初めてわかる。昨夜の酒が体に残っていたわけではないが、だからこそこういう旅は面白いのかもしれないな、と私はひとりバスの中で笑ってしまった。

ハジャイの駅に着いたのは午前十一時半だった。駅員にマレーシア方面に向かう列車の時間を訊ねたがいっこうに要領を得ない。困惑していると、傍で事情を聞いていた軍服姿の若者が、いろいろ走り廻《まわ》って調べてきてくれた。それによると、十一時半に国境へ行く列車があるという。もう十一時半を過ぎている。間に合わないだろう。するとその若者がトライしてみろと言う。私は瞬時に決断し、全速力で構内を走り抜けた。なぜか彼も懸命に伴走してくれ、あの列車だ、と指さしてくれる。私が一番手前の車輛《しゃりょう》に跳び乗ると、ほとんど同時に列車は動き始めた。プラットホームで軍服姿の若者が自分のことのように嬉《うれ》しそうに笑っている。私が手を振ると、同じように手を振った。

よかった、と思ったのは、しかし早合点だった。切符を買わずに乗ったため、車掌に不当に高い金を支払わされてしまったのだ。

国境近くで、車掌がイミグレーションの係官と一緒に検札にやってきた。私は切符を持たずに乗ってしまった旨《むね》を告げ、いくら払えばいいのか訊ねた。

「どこまで行くんだい？」

「ペナン」

「それならバターワースというところで降りて、あとはフェリーに乗るんだ」

「ありがとう」

「二十バーツ」

ところが、車掌がくれたレシートのような紙切れにはどこにもバターワースといった地名が見当たらない。どう見てもタイの国境までしか通用しそうにないのだ。それにしては二十バーツは高すぎる。紙切れの片隅《かたすみ》には九バーツという数字が書き込まれている。おかしいので、裏や表を盛んに引っくり返して眺めていると、隣の席の検札をしていた車掌が急に一バーツのお釣りをくれた。その時、やられたかもしれないな、と気がついた。

バンコクで一度だけ同じような目に会ったことがある。デパートの中のアイスクリーム売場でおいしそうなソフト・アイスクリームを売っていた。ひとつ買い、女店員に十バーツ札を渡すと、一バーツしかお釣りを寄こさない。アイスクリームが九バーツということはないのでなおも手を出していると、おまえは五バーツしかくれなかったと言い張る。普通の旅行者ならそこで諦《あきら》めてしまうのかもしれなかったが、私は近くにいる店員にマネージャーを呼んでくれと頼んだ。すると、アイスクリーム売場の女店員は、憎々しげにソッポを向き、五バーツを投げて寄こした。

このタイの車掌も十バーツしか受け取らなかったと言うに決まっている。争えば残りの十バーツが返ってこないとも限らないが、いずれにしてもデパートの時のように、あとで不快な思いが残るに違いない。最後の最後に金のことで醜く言い争うのはいやだった。私はその十バーツをタイという国へのチップと思うことで諦めた。

タイとマレーシアの国境の駅パダン・ブザールに着いたのは十二時半を少し廻った頃《ころ》だった。

プラットホームに小さな建物があり、そこでマレーシアの入国審査を受ける。列車から降り立った乗客は、タイやマレーシアの住民を除けば、私と西欧からのヒッピーが六人だけという寂しさだった。

退屈そうにスタンプを押している係官の背後の壁には、英語の標語のようなものが掲げられている。

《われわれはツーリストを大いに歓迎する――ただしヒッピーは除く》

だが、残念なことに、ツーリストとおぼしき人物は、私を含めてすべてがヒッピー風だった。

係官に面倒なことを言われるかと心配していたが、所持金を訊《き》かれただけで簡単にビザは発給された。私にとっては、これが陸路で国境を越える初めての経験だったが、どうといって劇的なところのない平凡さに拍子抜けしてしまった。

両替をしたり、日向《ひなた》ぼっこをしたりして時間をつぶしていると、ようやく午後二時になって、反対側のプラットホームから三輛という短かい編成のローカル列車が走り出した。

4

夕方の六時にマレーシアのバターワースに着いた。

ペナンはマレー半島側のウェルスレイ地区とペナン島の二つの部分から成る。その意味では九龍と香港島から成る香港とよく似ているといえる。ただ、半島側から島へ渡るフェリーは、香港のスター・フェリーの倍近くあり、時間も十七、八分とかなりかかる。面白いのは料金のシステムで、ペナン島へ向かう時は無料、ペナン島から半島側へ渡ってくる時に三十五セント払えばいいらしい。マレーシア・ドルは約百二十五円だから、往復で四十五円足らずということになる。

夕陽《ゆうひ》に染まった海面をフェリーは静かに滑っていく。しだいにはっきりしてくるペナンの街並をデッキから眺《なが》めているうちに、あそこにはきっと面白いことが待ち受けてくれているはずだという気がしてきた。

接岸されると、乗客は瞬《また》く間に下船しタクシーに乗ったり、自転車で引っ張る人力車のような乗物のトライショーをつかまえたりして、街のあちこちに散っていった。ペナン海岸通りでひとり取り残された私は、さてどうしよう、と思った。例によって、ペナンに関する知識は何ひとつ持っていない。どこへ行くという当てもなかったが、いつまでぼんやりしていても始まらない。気を取り直して繁華街を探すべく、勘にまかせて歩き出した。

ペナンは香港と比べものにならないほど静かだった。広い通りをトライショーがわがもの顔で走っている。

海沿いの道を、ザックを揺すり上げながら歩いていると、一台のトライショーがすり寄ってきた。はだしでペダルをこいでいるのは老人だった。シャツがはだけ、そこから肋骨《ろっこつ》の浮き出た胸が見える。文字通り骨と皮だけの体になっているが、黒く陽に焼けた皮膚からすると、筋金入りのトライショーこぎのようだった。私の横に並ぶと、老人はゆっくりペダルを踏みながら、乗らないか、というような意味のことを言った。マレー語はわからないが、こうした局面でトライショーこぎがそれ以外のことを言うはずがない。

「いや、いいんだ」

私が英語で言うと、老人も意外に達者な英語で応じてきた。

「乗った方がいいよ」

「ありがとう。でも、歩いていきたいんだ」

「お前、YMCAに行くんだろ」

「いや……」

私は首を振ろうとしたが、老人はその暇も与えてくれずまくし立てた。

「お前はYMCAに行く。俺《おれ》が乗っけていってやる。だが、YMCAは満員で、お前は泊まれない。そうしたら、俺がとてもチープなホテルへ連れていく。いいか？」

「いいんだよ、歩いていくから……」

「聞け。お前は俺の言うことをアンダースタンドしてない。YMCAはとっても、とっても遠い。歩いてなんか行けない。年寄りウソつかない」

年寄りもインディアンのように嘘はつかないものかもしれないが、残念ながらもともとYMCAなどに行く気がない。

「YMCAには行かないんだ」

私が言うと、老人がすぐに畳みかけてきた。

「では、どこへ行く？」

それがわかっているくらいなら苦労はしない。

「どこだ、どこでも行ってやるぞ」

その粘りについ負けそうになったが、瘦《や》せ細った老人にペダルをこがせ、若僧の自分が背後の座席でふんぞり返っている図を想像すると、よし乗ってやろう、という気にはなれなかった。

老人があまりにもしつこくついてくるので、私は通りすがりの文房具屋に飛び込んでしまった。トライショーを振り切るためもあったが、便箋《びんせん》が切れ、どこかで買わなければと思っていたこともあった。それに、店の品物をひとわたり眺めれば、マレーシアの物価、とりわけペナンの物価がわかるだろうと思ったからだ。

店の棚《たな》に並んでいるノートやボールペンなどといったものから判断するかぎりでは、香港よりやや高く、バンコクとほぼ同じくらい、というところのようだった。

トライショーの老人はしばらく店の前でうろうろしていたが、やがて諦めたらしく走り去った。私は七十五セントの便箋を買い、店を出て、また歩きはじめた。

勘にまかせて道を右に折れ、少し行くと、いかにも街の中心と思われる繁華な通りに出てきた。食堂や衣料品店などが軒を連らね、人々がゆっくりと往きかっている。けばけばしい賑《にぎ》やかさはなかったが、落ち着いた明かるさが感じられた。

私はこの周辺で宿を探すことにした。メイン・ストリートから一本奥の道に入ると、小綺麗《こぎれい》なホテルが見えてきた。しかし、看板に記された名前を読むと、ゴールデン・シティ・ホテルとある。さすがに黄金シリーズはバンコクで打ち止めにしたかった。

さらに歩いていくと、かなり安そうな旅館が見つかった。同楽旅社、とあるからには華僑《かきょう》が経営する宿なのだろうが、どこか当たり前の旅社とは異なる奇妙な雰囲気《ふんいき》が漂っている。それは広い前庭の奥に建っているということもあったが、なにより一階がバーになっているということが大きかった。

私が通りに立ってバーの扉《とびら》にじっと眼《め》をやっていると、そこからマネージャー風の男が出てきた。鼻の下にヒゲをたくわえた、小太りの男だった。私の態度に不審を覚えたのかもしれないと思い、こちらから口を開いた。

「泊めてもらえますか?」

男は私を品定めするように上から下まで眺め、やがておもむろに言葉を発した。

「日本人な」

それがはっきりした日本語だったのに驚かされた。

私が頷《うなず》くと、男はさらに日本語で言った。

「泊まるだけな?」

「………？」

「何日な？」

一日か二日のつもりだったが、急にこの男とこの宿に興味をそそられ、三、四日、と多目に答えてしまった。その方が泊めてもらいやすいように思えたからだ。

「六ドルな」

男が言った。

「一泊？」

「一泊、六ドルな」

頭の中でマレーシア・ドルを換算すると、六ドルは七百五十円だった。そう高くはない。しかし、習慣となってしまった台詞《せりふ》を、一応は言ってみることにした。

「高いなあ。もう少し安い部屋はありませんか」

「五ドルな」

男はいとも簡単に答えた。部屋を見せてくれと頼むと、ついて来いと指で合図して、一階のバーに入っていった。

バーの内部は薄暗く、女が三、四人、カウンターで雑談していた。客はまだひとりもいないようだった。男はカウンターの中にいるバーテンに鍵《かぎ》を取り出させ、それを受け取ると、私に向かって言った。

「二階な」

マネージャー風の男の後について二階に上がっていくと、廊下をはさんで両側にいくつもの小部屋があった。マネージャー風の男はいちばん奥の通りに面した角《かど》部屋の扉を開け、電灯のスイッチを入れた。

バスもトイレもついていないが、大きなダブルベッドの横には、どうにか役に立ちそうな机と椅子《いす》があった。ここも悪くないが、五ドルではなく、六ドルならトイレくらいはついているのかもしれない。

「六ドルの部屋は？」

私が訊《たず》ねると、マネージャー風の男は平然と答えた。

「ここな」

「じゃあ、五ドルのは？」

「ここな」

要するに六ドルでも五ドルでも同じことだったのだ。私はそのいい加減さも気に入ってこの怪しげな旅社に泊まってみることにした。

シャワーは廊下の反対側の端に、共同便所と一緒に備えつけられていた。水で汗を流し、シャツを取り換えて、部屋に戻りかけると、廊下の途中の部屋から女が出てきた。濃いアイシャドーをしたその女は、私と視線が合うと軽く右手を上げ、ハーイ、と陽気に言って階段を下りていった。

ベッドの上でしばらく横になっていたが、眠くならないうちに夕食をとっておこうという気になった。マレーシア料理というのがどのようなものか見当もつかないが、マレーシア人が食べている当たり前の食堂に行けば、きっとおいしくて安いものがあるに違いない。

街は相変わらず賑やかで、あちこちの食堂から食欲をそそる匂《にお》いが流れてくる。一軒一軒のぞいて廻ると、カレー風の煮込みを主菜としている店もあれば、ヤキトリ風の肉料理を供している店もある。

その中に一軒、中華風の麵《めん》をケチャップで味つけし、炒《いた》め煮している店があった。麵ができあがると、その上に小エビや玉子をのせて客に出す。これがたまらなくおいしそうに見え、思わず指をさして注文してしまった。できるのを待っている間、すでにできあがって大きな容器に入れられている、イカのカレー煮をもらって食べた。これが意外においしく、さらに出てきたケチャップ焼きそばの味も悪くなかった。値段はこれで一ドル、百二十五円だった。

ケチャップ焼きそばの料理の名前を訊くと、ミーヤワという返事が戻ってきた。麺の種類によってミーゴワというのもあるらしい。あるいは、麺柔、麺剛、とでも書くのかもしれない。とにかく、これでマレーシアにおいても飢えなくてすむことになった。

街を一時間ほどぶらついて宿に帰ると、前庭で五、六人の若い男女がおしゃべりをしている。どうやら、女はバーにいた連中のようだ。私がその横を通り抜けようとすると、ひとりの若者が声を掛けてきた。

「泊まってるんだって?」

「そうだよ」

私が答えると、そこにいる全員が弾《はじ》けるように笑い出した。

私は若者たちの笑い声を聞き流し、そのまま一階のバーに入っていった。表で油を売っている女たちを見れば、店が暇なのはわかっていたが、依然として客がひとりもいないのには驚いた。中にいる女たちも退屈そうだった。

マネージャー風の男は、入ってきたのが私だとわかると、大仰《おおぎょう》に肩をすくめてみせた。

「暇そうだね」

「忙しいのはこれからな」

しかし、言っている当人もあまり希望は持っていないようだった。かわいそうになり、せめてコーラ一本でもと思い、マネージャー風の男に言った。

「コーラはいくら？」

「五十セントな」

ポケットを探ると、小銭が四十五セントしかなかった。札をくずしてもらうのも面倒なのでやめようとしたが、私が口を開くより先にマネージャー風の男が言った。

「四十五セントな」

私がコインをカウンターの上に並べると、マネージャー風の男が手を出すより早く、バーテンがさっと金をさらってしまい、五セントを自分のポケットに入れた。そして、マネージャー風の男に向かって、お気の毒さまというように笑いかけた。まったく、ここの値段はいったいどういうことになっているのだろう。バーテンがグラスにあけてくれたコーラを飲みながら、私はあらためてマネージャー風の男に訊いてみた。

「いったいコーラはいくらなの？」

「五十セントな」

「でも、あとから四十五セントだって……」

「そう、四十五セントな」

しかしバーテンはそのうちの五セントを自分のものにしてしまったではないか。そう言おうとして、頭がおかしくなりそうなのでやめた。

そこへボックスに坐《すわ》っていた女が近づいてきた。

「あんた、どこから来たの。日本？ 英語しゃべれる？ 私はもちろんよ。でも、あんた、日本人には見えないわ。タイのチャイニーズかと思った。ハンサムね」

いかにも使い慣れた台詞《せりふ》のようではあったが、そう言われて悪い気がするわけはない。にやついていると、女が軽く顎《あご》をしゃくった。

「上へ行かない？」

やはりそうだったのか。うすうす感づいてはいたが、ここもやはりその種の宿だったのだ。

人に連れていかれても、自分で見つけても、どういうわけかいかがわしい宿に泊まることになってしまう。だが、よく考えてみると、旅行案内書に載っているような真っ当なホテルではなく、土地の人が利用する極めつきの安宿ということになれば、それが連れ込み宿だったり売春宿だったりするのはむしろ当然のことかもしれない、という気がしてくる。

「二階に行くって、あなたの部屋に?」

私が訊ねると、女はどうしてそんなつまらないことを訊くのだろうという顔をして言った。

「もちろんよ」

「でもね、俺も二階に部屋を持ってるんですよ」

「………?」

女は意味がわからないという表情になった。

「ここに泊まっているんです」

「誰の部屋に?」

「誰のって、俺のですけど……」

「あんた、ニュー・フェイス?」

これにはさすがの私ものけぞり返りそうになった。いったい私にどんな仕事をさせようというのだ。

「違いますよ。ここに何日間か滞在するんです」

そう説明しても、どこか解《げ》せないらしい。ここは旅社と銘打ってはいるものの、当たり前の旅行者がただ泊まるということは滅多にないのだろう。女はマネージャー風の男に話し掛け、ようやく事情が飲み込めたらしい。

「でも、要するにあんたはお客なんでしょ」

「まあ、そうです」

「だったらいいじゃない。あんたの部屋でいいから行こうよ」

「しかし、あの部屋は眠るために借りたんだからまずいですよ。好意は深く感謝しますけど」

私がいくらかおどけて言うと、女が身を揉《も》むようにして笑いはじめた。

「やだわ、この人。眠るためだなんて、好意を深く感謝するだなんて……」

何がそんなにおかしいのかわからなかったが、その陽気な笑い顔につられて私も笑い出してしまった。

「おやすみ」

私がコーラを飲み干し、階段を上がりながらそう言うと、女も笑顔のまま、意外とあっさり挨拶《あいさつ》を返してくれた。

「おやすみなさい」

私は浮き浮きした気分で二階の自分の部屋に戻った。疲れてはいたが、昂揚《こうよう》しているせいか、少しも眠気を覚えない。私はこの宿へ来る途中で買った便箋に、久し振りの手紙を書きはじめた。

いま、僕はマレーシアのペナンという町にいます。

泊まっているのは不思議に陽気な娼婦《しょうふ》の館《やかた》です。

しかし、こう書き出してみて、なにかとんでもない誤解をされそうなので二行目を書き換えた。

泊まっているのは不思議に面白そうな宿です。

これでは何のことかわからないが、いずれその不思議さは何日間か手紙を書きつづけていけばわかってもらえると思えた。

5

確かに面白い宿だった。おかげで二、三日のつもりのペナンが、七日にも八日にも延びてしまった。

そこは想像通り、一階のバーで一ドル五十セントのビールなど呑《の》みながら、好みの女と交渉し、話がまとまると二階の女の部屋に上がっていくという、絵に描《か》いたような売春宿だった。外のホテルからお呼びが掛かることもあり、ヒゲのマネージャーから連絡メモを受け取ると、女はいくらか小綺麗な格好をして嬉《うれ》しそうに出かけていく。女は全部で六人。そのすべてが、陽気で屈託がなく、おまけに若かった。昼間は、耳が痛くなるほどのボリュームでラジオの歌謡曲を聞き、喧嘩《けんか》をしているのではないかと思えるほどの大声で雑談している。ラジオの中で、聞き覚えのある曲が流れ、思わず耳を澄ますと、それは中国語で歌われている「瀬戸の花嫁」だったりする。一日二日いるうちに、顔と名前が完全に一致するようになった。

最初に親しくなったのはマリと呼ばれている女だった。抜群のプロポーションをしていたが、顔立が地味なせいかあまり人気はないようだった。性格も顔立に似て控え目で、派手で陽気な他の女たちの中にいると、ほとんど目立たなかった。

この宿に着いた次の日、外で昼御飯を食べて帰ってくると、前庭で女がひとりポツンとしている。

「ハーイ」

その傍《そば》を通り過ぎる時、何気なく声を掛けた。すると、女の口から思いがけない挨拶が返ってきた。

「コンニチハ」

日本語だった。私はびっくりして立ち止まり、彼女に訊ねた。

「日本語、喋《しゃべ》れるの？」

「少シネ」

聞けば、この店には日本人も来ることがあるのだという。もちろん旅行客などではなく、仕事のために長期滞在している単身赴任者である。なるほど、それでヒゲのマネージャーが日本語を達者に喋る理由がわかった。

彼女はカタコトの日本語で話すのがけっこう楽しそうだった。ちょうどいい機会なので、私は彼女からマレーシア語の手ほどきを受けることにした。一から十までの数字とほんのいくつかの単語を知っているだけで、どれほど旅が楽になるものかはタイで実証ずみだった。

ありがとう　トゥリマ・カシ

こんにちは　スラマ・プタン

いくら？　ブラパー・ハルガ？

なに？　アパー？

どこ？　ディ・マナ？

名前という単語はナマだという。

覚えたばかりの二つの単語を強引にくっつけて訊ねると、彼女はにっこり笑って答えてくれた。

「アパー・ナマ？」

「マリ」

そのことがあってから、マリは私の部屋にちょくちょく遊びにくるようになった。私が部屋にいると果物や菓子を持ってやってくる。話の内容は大したものではなかったが、その差し入れは魅力的だった。

だがやがて、マリ以外の女たちも、私が特定の女の客ではなく、長旅の途中でただここに泊まっただけだということを知ると、もの珍らしさもあったのだろうが、親愛の情を示してくれるようになり、ひんぱんに私の部屋を訪れるようになった。最初の晩、二階へ行こうよと誘ったランという女も来るようになったし、眼《め》の周りをタヌキのようにしたリーという女も来るようになった。私の部屋は暇な女たちの休憩所といった観を呈するようになった。

しかし、二、三日の滞在のつもりがついつい一週間以上にも延びてしまったのは、彼女たちとの付き合いが面白かったからというだけではなかった。ここは陽気な娼婦の館であるばかりでなく、陽気なヒモの館でもあったのだ。このヒモたちが面白かった。

この宿には三人の年配の男のほかに六人の若者がいた。ひとりは帳簿づけのような仕事をしているのだが、他の連中はちょっとした走りづかいや掃除をするだけで、日がな一日ぶらぶらしている。することといえば、昼寝かマレー風のハサミ将棋くらいしかない。いったいこいつらは何者なのだろう。不思議に思ってヒゲのマネージャーに訊《き》いてみた。彼の答は簡単だった。

「ああ、ヒモさんな」

なるほどよく観察してみるとヒモに違いなかった。深夜に客が途絶えると、それまで外にいた若い衆はそれぞれに自分の女の部屋に入っていく。女の仕事部屋が彼らの巣でもあるらしかった。そのためウィーク・エンドには、悲劇というか喜劇というか、奇妙な光景が現出することになる。

さすがにウィーク・エンドは書き入れどきで、客も夜遅くまでいるし、場合によっては泊まりということもある。運悪くいつまでたっても女の部屋にもぐり込めないヒモたちは、部屋の前の廊下にハンモックまがいのベッドを組み立て、そこに寝なくてはならないのだ。自分の女が別の男と一緒に寝ている部屋の前で、いったい眠ることなどできるのだろうか……。それができるらしいのだ。大きなイビキをかいて眠っている彼らの姿を、私はトイレに行く途中の廊下で見て、驚きを通りこして感動すらしてしまった。彼らは女たちに負けないくらい陽気であっけらかんとしていた。

そのヒモの若い衆が、はじめは女たちと一緒に、やがて彼らだけで私の部屋に来るようになった。とにかく暇といったら、女たちよりははるかに暇なのだ。しまいには、私のベッドの上でひと休みしていくような奴《やつ》まで出てきた。

それにしても、ヒモの若い衆が教えてくれるペナンに関する情報は極めて実用的で正確だった。この近所ではどこのサテーが安くておいしいかといった程度のものから、マリファナはどこで手に入れられるかといったレベルの情報まで、彼らに知らないことはないようでさえあった。ヒモのひとりに、穴場を教えるから女を買いに出かけようと誘われて妙な気分になったこともある。

妙なと言えば、ヒゲのマネージャーも相当に奇怪な男だった。

ある午後、二階の部屋で手紙のつづきを書いていると、前庭で声がする。窓から顔を出すと、下でヒモたちが私を呼んでいる。トライショーを囲み、トライショーこぎの男と雑談しているらしい。手紙を書くのにも飽きていたので、私はその仲間に入るため下におりていった。

トライショーの何台かとこの店は特別な契約を結んでいるらしく、客を送り込むとなにがしかの金が支払われることになっている。しかし、この時はただ休むために寄ったようで、トライショーの男は汗をぬぐいながらジュースを飲んでいる。

英語が上手なラン嬢のヒモが私を呼んだ理由を説明した。

「このオッサンが、日本じゃ、いくらくらいで女が買えるか知りたいというんだよ」

彼がそう言うと、オッサンは英語がわかるのかわからないのか、しまりのない顔をして頷いた。

「俺《おれ》もそういう方面には詳しくないんだけど……USドルで……七十ドルから百ドルくらいだろうか」

「USで?」

「そう、マレーシア・ドルなら二百ドルは超えるだろうな」

私が言うと、ヒモたちは溜息《ためいき》をついた。

「ここじゃあ、USで五ドルか、せいぜい七ドルだもんな……」

ひとりが言うと、別のヒモがたしなめた。

「馬鹿《ばか》、十ドルと言っとかなくちゃダメじゃないか」

「あっ、俺のことだったら御心配なく。女の子に聞いて、あんたたちより詳しいくらいだから」

私たちがくだらないことを言って大笑いしているところに、用事で出かけていたらしいヒゲのマネージャーが帰ってきた。

トライショーのオッサンの姿を見かけると、ヒゲのマネージャーは日本語でいきなり凄《すご》いことを言う。

「あのな、この男、少し阿呆《あほう》な。わかるか?」

「……………」

「しかしな、ワイフな、とてもグッドな。あんた、寝るなら、この男のワイフ、ナンバー・ワンな」

「どこにいるんです?」

「この男の家な」

いまもその家から帰ってきたのではないかという気がして、つい顔を見てしまった。

ヒゲのマネージャーの言っていることは冗談なのか真面目《まじめ》なのかわからないところがあった。いままでトライショーのオッサンの女房について喋っていたかと思えば、突然、トリップの話をしはじめる。

「アヘン、やるか？」

マリファナのことを言っているのかと思い、それならヒモの若い衆に入手の仕方を教えてもらってあると答えると、マリファナなどではないと言う。

「それ、子供用な」

「マリファナが？」

「そうな。アヘン、キセルで吸うやつな。やるか？」

「どこで？」

「わたしの家な」

「アヘンって、いい？」

「はじめ、クラクラ。慣れると、フワフワな」

キセルで吸うとはかなり本格的だ。恐ろしげな感じもしないではないが、滅多に経験できるものでもない。しかし、俺はそう意志の強い方ではないので、クラクラからフワフワになるまで経験してしまったら、深く搦《から》め取られそうな気もする。さてどうしたものかと悩んでいると、不意にまた話題が変わってしまう。

「あんた、ここで働くか？」

「…………！」

あまりの唐突さに声も出ない。トリップの次はリクルートときた。何を言い出すやらと私は呆《あき》れたが、彼の方は案外真剣らしい。要するに、日本人をうまくあしらえる人間がほしいということのようだった。

「日本語なら、とても上手じゃないですか」

私が言うと、彼は首を振った。

「日本人は、日本人がいると、安心な」

なかなか鋭い観察だった。異邦で暮らす日本人はそこに日本人がいるというだけで安心してしまうところがある。彼が必要としていたのは通訳ではなく、ただそこにいるというだけの日本人だったのだ。しかし、そのような日本人を傭《やと》い入れるほど日本人の客が多いのだろうか。私が訊《たず》ねると、いまは少ないがもっと増やしたいのだ、と答えた。

「日本人、いい人ばかりな」

多分、ここに来る日本人の客は金離れがよく、女に対してはあまり無理な注文を出さないのだろう。そうだとすれば、マネージャーとしては日本人の客を増やしたいと思うのは当然すぎるくらい当然のことだ。と、そこまで考えた時、そうか、それで私を泊めてくれたのか、と思い到った。

「いい子、世話するな」

私が答えられないでいると、まあ考えておいてくれとでもいうように、軽く肩を叩《たた》いて店の中に入っていってしまった。

私がこの宿で、ヒゲのマネージャーの言う「いい人」たる日本人に初めて会ったのは、土曜日の夕方だった。

昼から極楽寺というマレーシア最大の仏教寺院を見物に行き、タイの寺院とよく似た漫画的な色彩にがっかりしながら帰ってくると、宿の前庭でバーから出てきた二人の日本人にばったり出喰《でく》わした。

「ああ……」

「ええ……」

双方で思わず意味のない声を上げてしまい、やがて笑いながら言葉をかわした。それによれば、彼らはマレーシアとタイとの国境でダムを建設している建築会社の社員であり、週末の休みを利用して泊まりがけでペナンに出てきたものらしい。

「その最大の目的はここに来ること」

ひとりが悪びれずに言うと、もうひとりも苦笑しながら言った。

「夜になるまでホテルでおとなしく待っていられなくてね」

私がここに泊まっていると知ると興味を覚えたらしく、明日、朝食でも一緒に食べませんか、と誘ってくれた。本当は今晩でも夕食をと言いたいところだが、もう一カ所行きたいところがあるので、と言って二人はまた声を出して笑った。

翌朝、私はホテルの朝食につられて、約束の時間の二十分前に宿を出た。ホテルには十分前に着いたが、彼らはすでにロビーに降りて待っていてくれ、そのままレストランに案内してくれた。私は滅多に食べられないビュッフェ・スタイルの豪華な朝食を腹一杯に詰め込んだ。

しかし、だからといって、食卓での会話をおろそかにしたというわけではない。摂氏四十度を超す炎熱の中で、大密林を切り拓《ひら》いてダムを作るのだ。その話がつまらないわけがない。

このプロジェクトは、田中角栄の東南アジア歴訪の置き土産であったが、どの建築会社もあまりのリスクの大きさに尻《しり》ごみしてしまい、なかなか引き受け手が決まらなかったのだという。そのリスクとは、ひとつは資材の高騰《こうとう》、他のひとつはゲリラの出没。とりわけどの会社も二番目の危険を恐れていたが、彼らの会社が政府軍の完全警護を条件に引き受けた。ところが、こちらに実際きてみると、ゲリラより政府軍の方がはるかに手に負えなかった、という。自動車を勝手に乗り廻《まわ》すわ、機材を使っては壊してしまうわ、それでいてこちらが働いている傍でサッカーをして遊んでいる。

「毎日うんざりさせられていますよ」

だが、仕事そのものにはうんざりしている様子はなかった。私よりいくらか年上の彼らは、いまのうちに外国に出してもらおう、と自ら志願して来たのだという。

「やはり出てきてよかったですか？」

私が訊ねると、ひとりが含み笑いをしながら答えた。

「あの宿を知ることができただけでもね」

確かに、同楽旅社を知ることができたのは、私にとっても幸運なことだった。

私はヒモの若い衆と映画を見にいったり、女たちとペナン・ヒルにピクニックに行ったりした。少年時代を過ぎてから大勢で遊ぶことがあまり得意でなくなってしまった私にとって、それは自分でも意外なくらいの振舞いだった。彼らの飾りのない陽気さに、いつしか私も巻き込まれていたものと思える。

ヒモの中でもとりわけ私の面倒をよく見てくれたのがマリ嬢のヒモだった。彼はいささか調子のよいところがあり、私の持物で気に入ったものがあるとすぐにくれないかと言うのが珠《たま》に瑕《きず》だったが、よい話相手であることに違いなかった。マリ嬢のヒモは、私などよりはるかに英語が上手だった。

彼は華僑《かきょう》だが、自分は中国人ではなくマレーシア人だと思っているという。

「なんといったって、この国で生まれて育ったんだもんな。ルーツは中国にあるけど、どうしてもよその国という気がする。それに社会主義ってやつはあまり好かないしね。やっぱりデモクラシーの世の中の方がいいよ。中国にはツーリストとしてなら行ってもいいけど、住むのは御免だな。なんといってもペナンが一番さ。どこへ行っても、結局ここに帰ってくるだろうな」

クアラルンプールへ出てみたいとは思わないか。私が訊ねると、彼は大仰に顔をしかめてみせた。

「クアラルンプールは最低さ。住むところじゃない。もしあんたが金持ちなら、ウェルカム。だけど、文なしだったら、あっちへ行きな、さ。ペナンはちがう。もっとフレンドリーだ。そう思わないかい？　金のあるなしなんか関係ない。ペナン・イズ・ベストさ」

その彼が、夜、私の部屋に遊びにきていて、ひょっとした拍子から日本批判を始めたことがある。机の上に置いてあったカメラをいじりながら、例によってこれをくれないかと言い出した。友人の餞別《せんべつ》の品だからと断わると、すぐに諦《あきら》め、日本のカメラの話をしはじめた。製品の性能と価格について私などの及びもつかないほどの知識を持っていた。彼はしばらく日本製品を賞讃《しょうさん》していたが、ふと気がつくと、それはいつの間にか日本と日本企業の批判に変わっていた。

「日本の企業はひどい。ダムを作れば日本の資材と技師で作ってしまうし、工場を作れば組立て工場ばかり。マレーシアの連中には何ひとつ勉強させず、安い賃金でこき使うばかりだ。アメリカの企業は五十パーセントも上積みして給料をくれるというのに、日本の企業はマレーシア並かそれ以下だ。それならどうしてそんな会社に勤めるのかと言いたいんだろ。わかってるさ。でも、マレーシアには仕事がないんだ。それをいいことに、日本人は吸い上げることしか考えない」

私がその激しい語調に驚いて聞いていると、マリ嬢のヒモはさらに言い募った。

「俺がそう言うと、日本人は決まってこう言うんだ。マレーシアは日本企業の進出がなかったら困るんだろ？　そうだ、と俺は答えるのさ。すると奴らは、だったらなぜマレーシアの若い者は反日運動なんかするんだ、と訊き返してくる。わかってないんだな。なのに、じゃない。だから、なのさ。確かに困る。だから、頭にくるのさ」

彼の言っていることは正論だった。もちろん、日本の企業にもさまざまな言い分はあるだろう。だが、日本人にとっての「なのになぜ」がマレーシア人にとっては「だからこそ」になる、という彼の指摘には説得力があった。そのような微妙な感情的なズレが、時として思いがけない大爆発を引き起こすもとになるのだろう。彼の言っていることは正論だった。しかし、そうは思うのだが、なにか引っ掛かるものがある。違和感、というよりもう少し強い感情だ。言葉にすれば、お前がそんなことを言えた義理かよ、という思いだったろうか。筋違いの言い分ということは自分でもわかっていたが、しだいに我慢ができなくなってきた。

確かに君の言う通りかもしれない。日本の企業はさまざまにマレーシアから搾取《さくしゅ》しているかもしれない。日本人はマレーシア人を搾取している。当然、だから私もだ。しかし、君がそんなことを平然と言えるのが私には奇妙に思える。女の稼《かせ》ぎをかすめて生きている君がだ。もし、日本企業に勤めている労働者にそうなじられたら黙ってうなだれるばかりだが、君に……。

誰かの台詞《せりふ》ではないが、それを言ったらおしまいよ、とは思ったが、私は熱くなり、そう言おうと言葉を探した。ところが、どうしても搾取という英語が思い出せず、必死になって、アーとかウーとか唸《うな》っていると、マリ嬢のヒモが真顔で心配してくれた。

「気分でも悪いのか」

私は体中から力が抜け、どうでもいいや、という気になってしまった。そして思った。私が彼に筋違いな憤《いきどお》りを覚えたのも、結局どうでもいいやという気になったのも、私が彼を友人と見なしはじめたからではないだろうか、と。

マリ嬢のヒモばかりでなく、他の若い衆も、みんな気のいい連中だった。女たちも一緒に全員で香港製の恋愛喜劇を見にいっての帰り道、中国語もわからずマレーシア語の字幕も読めなかった私が、勝手に理解したストーリーをみんなに披瀝《ひれき》し、大笑いされた瞬間、もしかしたら、自分は数年遅れで青春とやらの渦中《かちゅう》に放《ほう》り込まれたのかもしれないな、という不思議な思いに捉《とら》えられた。

いつまでこの宿にいることになるのか、自分でもよくわからなかった。マネージャーはあれ以来、別に働かないかとは言わなかったが、誘いに乗ってここにしばらくいるのも悪くないような気がしてきた。

ところが、ある日の午後、ラン嬢に部屋に押しかけられて気分が変わった。

彼女は入ってくるなり、あんた東京だったわね、と言った。頷《うなず》くと、友達を紹介してくれないか、と言う。

「どうして？」

「日本でメーキャップの勉強をしたいの」

彼女によれば、日本へ行く費用は友人に借りてどうにか作ることはできるが、日本での生活費までは用意できない。しかし東京に行けばバーやクラブなどの働き口には困らないらしいからなんとかなるはずだ、という。彼女たちにとって、日本はそのような一種の夢の土地になっているようだった。きっと日本人の客から、銀座のホステスの日当は何万だ、などという話を吹き込まれているのだろう。

「そんなにうまくいくかな」

私が水を差すと、彼女は憤然として言った。

「いくわよ。バーだって四つも紹介されているし……」

「だったらいいじゃないか」

「だからね、もしも何か起きた時のために紹介しておいてほしいのよ」

いや、その何かは必ず起きる。異国から見ず知らずの女が訪ねてきて頼られたら、誰だって困るだろう。私がいない間に、友人を面倒なことに巻き込むわけにはいかない。悪いが紹介できない、私のアドレスならいくらでも書くけれど。私がそう言うと、ラン嬢はふくれっ面《つら》になって言った。

「あんた、いつ日本に帰るの？」

そう訊《き》かれて、私は思わず考え込んでしまった。デリーからロンドンまで乗合いバスに乗っていこうというのに、まだその出発点にも達せず、マレー半島の真ん中でうろうろしている。実際、いつになったら日本に帰れるのか。考えると、茫然《ぼうぜん》としてしまう。

「そう、半年後くらいにはなんとか……、いや、それもデリーにどのくらいで着けるかだが……」

私が呟《つぶや》いていると、いい加減にあしらわれたと誤解したラン嬢は、腹を立てて部屋から出ていってしまった。

ひとりになって、ぼんやり机に向かっているうちに、しだいに不安になってきた。俺はいつになったらロンドンに辿《たど》り着くことができるのだろう。ここは信じられないくらい面白い宿だが、一カ月も二カ月もいるようなところではない。とにかくシンガポールだ。シンガポールに着くまではインドにすら入ることができない。やはり前に進もう。

私は無理にでも自分にそう思わせることにして、翌朝、宿を出ることにした。

列車の時間に合わせて、朝早くに宿を発《た》った。昨夜は忙しかったらしく、ヒモの若い衆が女たちの部屋に入れたのは明け方のようだった。マリ嬢とその二人には声を掛けていきたかったが、部屋の前まで行ってやめた。寝ていたからではなく、起きていたからだ。ようやく二人きりになれたものを邪魔するのも悪いような気がした。私は口の中で「じゃあな」と小さく呟くだけでその前を離れた。

6

ペナンからバターワースへ向かうフェリーは、早朝だというのにかなりの人が乗っていた。

甲板から覗《のぞ》き込むと、船影の切れ目のところから、水面高く魚が跳びはねている。くらげがゆらゆら泳いでいるのも見える。そうしているうちにも、朝日がゆっくりのぼってくる。

八時半にバターワースから列車に乗った。クアラルンプールまで約九時間。その汽車の旅は単調でことさら長く感じられた。

窓の外に眼《め》をやると、ゴムの大プランテーションが続き、錫《すず》だろうか茶色い地肌《じはだ》を剝《む》き出しにしての露天掘りの風景が見える。マレーシアにも水田はあり、田植をしている。横で刈り入れもしている。あとは森だ。家はポツンポツンとしかないが、その前には必ず子供が立っていて、列車に向かって手を振ってくる。

昔、高校の英語の時間に副読本としてウィリアム・サロイアンの『人間喜劇』を読まされたことがある。カリフォルニアの田舎町を舞台にしたその小説は、ユリシーズという名の小さな坊やが踏切を通過する貨物列車に手を振る、というところから始まるのだ。

坊やは機関手たちに手を振るが、誰も応《こた》えてくれようとはしない。ところが、最後尾の貨車に黒人がひとり乗っていて歌をうたっている。その黒人にも手を振ると、思いがけないことに手を振り返してくれる。そして大きな声で言うのだ。おいらはこれから故郷に帰るところなんだよ、と。坊やは彼が見えなくなるまで手を振る。そこへ、線路をつたって、背中に重い荷物をしょった老人が通りかかる。坊やはこの老人にも手を振る。しかし、幼児に優しく応えるにはあまりにも疲れすぎていたその老人は、そのまま歩み去っていってしまう。坊やはわけのわからない感情に衝《つ》き動かされて、母がいるはずの家に向かって走り出す……。

本来、この『人間喜劇』は、ユリシーズの兄のホーマーが主役なのだが、このファースト・シーンの鮮やかさからか、私は読み進みながら、ついもっとユリシーズが出てこないものかと思ってしまったものだった。

マレーシアのユリシーズたちも、列車に向かって無心に手を振っていた。私はその姿を見つけると、必ず手を振って応えることにしていた。彼らは、汽車の中の私に気がつくと、パッと表情を輝かせ、見えなくなるまで手を振りつづけていた。

単調な汽車の旅の中で、その時だけは気持が暖かくなった。

夕方六時にクアラルンプールの中央駅に着いた。

とにかくここは一国の首都なのだ。ペナンの時のように、歩いているうちに宿は見つかるだろう、などと甘く考えるわけにはいかない。私は駅の構内で学生風の若者を呼び止めては、どこが安宿街なのか訊《たず》ねた。何人かの話を総合すると、ひとつはチャイナ・タウンに、もうひとつはバトゥ・ロードという通りの周辺にあるようだった。私はクアラルンプールという街をよく知るためにも、どこでもみな似た印象になってしまうチャイナ・タウンを避け、バトゥ・ロードの安宿をあたってみることにした。

教えられた通り、駅前のロータリーからメイン・ストリートを北へ二十分も歩くと、バトゥ・ロードに出る。なるほど、そう多くはないが、古めかしいホテルが何軒か建っている。一階がバーになってはいるが、ペナンの同楽旅社などよりランクがひとつ上のホテルのようだった。

フロントで部屋があるかと訊ねると、私の風体を一瞥《いちべつ》し、まるで素っ気ない態度で、ない、と言う。続けて、三軒で同じ目に会い、バトゥ・ロードに泊まることは諦めた。部屋がないわけではないのだ。三軒目のホテルなどは、私のすぐあとから来た白人の夫婦には、予約なしでも部屋を与えていた。要するに、いかにも金のなさそうな東洋人のフーテンを泊めるのがいやだったのだろう。

チャイナ・タウンはそこから駅に向かって南に戻るような位置にあった。マラヤ・ホテルの近くに五ドルの宿が見つかり、金を払うと何も言わずに鍵《かぎ》をくれた。私は夕食をとるため街をぶらついた。

クアラルンプールは、アメリカでロスアンゼルスがLAと呼ばれているように、マレーシアではKLと呼ばれている。クアラは河口、ルンプールは泥土《でいど》を意味する言葉だという。街の中央を泥《どろ》で濁ったクラン河が流れ、それがゴンバッグ河と合流する辺りにモスクが建っている。

そこに向かって歩いていくと、対岸に裸電球を煌々《こうこう》とつけた大規模な露店街があった。そのほとんどが食べ物の屋台だった。クアラルンプールの人々が、やはり家族や友人と連れだって食べている。私もサテーを食べ、ヤキメシを食べた。

だが、なんとなくもの足りない。食事の量だけでなく、街全体にもの足りなさが感じられてならないのだ。クアラルンプールには、マレー系、中国系、インド系が入り混じっている、いわゆる複合民族国家の首都らしい独特な雰囲気《ふんいき》がないではない。しかし、モスクをはじめ、すべてが小ぢんまりとまとまりすぎている。バトゥ・ロードで冷たくあしらわれたということもあったのだろうが、私にはこのクアラルンプールという街が、取りつきにくい、それでいて魅力の薄い街のように思えてきた。

翌朝、クアラルンプールの街を散歩した。話に聞いていた通り、緑の多い、その意味では美しい街だったが、それだけなのだ。マレーシア自慢の近代的なビル群も、そのためにもう一日ついやすというほどのものではない。

私はスーパーマーケットでミルクとバナナを買い、ブキット・ナナス公園に行った。そこには小高い丘があり、上までケーブルカーで登ることができる。朝昼兼用の食事をとりながら、その丘からクアラルンプールの街を眺《なが》め、もし気に入ったらあと一日二日いることにしようと思ったのだ。

みながバブルカーと呼ぶそのケーブルカーに一ドル払って乗り、頂上からクアラルンプールの街を眺め渡した。森が見え、ビルが見えた。美しかったが五分も見ていると飽きてきた。クアラルンプールはこれでもう充分、と思った。

宿に帰り、帳場の若者にマラッカ行きのバスの時刻を調べてもらった。午後三時に一便あるという。私は彼と少し雑談をし、二時半に宿を出た。

バス・ターミナルなど簡単にわかるだろうとタカをくっていたが、これがなかなか見つからない。バスはあちこちに停《と》まっているのだが、どれがマラッカ行きなのか見当もつかない。時間は刻々と迫ってくる。通りすがりのインド系の少年に訊ねると、親切にもそこまで案内してくれた。三時五分前。今度も危うく滑り込めた、と思ったのは間違いだった。少年に礼を言って乗り込むと、運転手に冷たく断わられてしまった。

「ノー・モア・シート」

今日はこれでマラッカ行きの便はおしまいだという。宿の若者には、わかりにくいからタクシーに乗っていった方がいい、と勧められたのだ。それをたかが一ドルのタクシー代を惜しんだばかりに、もう一日クアラルンプールにいなくてはならない羽目に陥《おちい》ってしまった。安物買いの銭失ないとはこのことだ。私は打ちのめされ、もと来た道を力なく引き返しはじめた。

途中、タクシーの客引きに呼び止められた。マラッカまでタクシーで行かないかというのだ。冗談ではない。バスですら三ドルするというのに、タクシーなどではいくらふんだくられるかわからない。クアラルンプールとマラッカとの距離といえば、東京から静岡くらいはありそうなのだ。いやけっこう、と言おうとして、何気なく、いくらと訊いた。

「シックス」

六十の間違いではないか。

「シックスティ？」

「ノー、シックス！」

何度念を押しても六ドルと言う。

四人の相乗りというが、六ドルなら文句はない。それにしても、東京─静岡間を七百五十円で行ってくれるというのだから、信じがたい。だまされるのではないかと不安でないことはなかったが、同乗者に訊ねると確かに六ドルだと言う。マレーシアも、タイと同じく、乗合いタクシーが安くて便利そうだ。

六ドルでマラッカまで連れていってくれるというだけでもありがたいのに、このタクシーの運転手というのが凄《すさ》まじいスピード狂で、急行バスで三時間半はかかるところを二時間そこそこで行ってしまった。壊れかかったような車であるにもかかわらず、前を走る車はすべて抜かずにはいられないという性分らしく、飛ばしに飛ばす。おかげで、私をすげなく拒否したあのバスも、途中で軽く抜き去ってくれた。おまけに相乗り客のひとりがかわいい中国系の娘さんとくれば、六ドルでも安いくらいだった。マラッカに着いたのは夕方。ここでは最初から華僑《かきょう》の経営する旅社に泊まることに決め、中央大旅社という、名前ばかりの小さな宿で、六ドルと言うのを五ドルにまけさせてからチェック・インをした。

部屋に荷物を置くと、私はその足で海に向かった。

マラッカは東洋の中に西洋を抱え込んだ古い歴史を持つ街である。しかし、多少遠まわりになるかもしれないと知りつつこのマラッカに立ち寄ってみるつもりになったのは、なにもポルトガル人の築いた砦《とりで》やフランシスコ・ザビエルの像が見たかったからではない。私はただ夕陽《ゆうひ》が見たかっただけなのだ。マラッカ海峡に沈む夕陽はとてつもなく大きく赤い、と聞いたことがあった。あれは誰からだったのだろう。大学時代のスペイン語の教師だったような気もするし、船乗りの経験のある親しいイラストレーターからだったような気もする。もしかしたら人から直接聞いたのではなく、本で読んだだけなのかもしれない。いずれにしても私の内部では、マラッカの夕陽は大きく赤いだけでなく、限りなく美しいものになっていた。

だが、残念なことに、空は雲に覆《おお》われ、太陽は顔を隠してしまっている。

海岸に出ると、その前は広い芝生になっており、子供たちがサッカーに興じている。いい大人たちが熱心に見物する傍《そば》で、一杯十セントのジュースを売る屋台が何軒も並んでいる。私もサトウキビをしぼった緑色のジュースを飲みながら一緒に観戦した。

しばらくして、ふと気がつくと、動きまわる少年たちの姿に長い影ができている。夕陽だ。夕陽が姿を現わしているのだ。しかし、木立に邪魔されてよく見えない。私は夕陽を見るために、堤防まで走って行くことにした。全力で走ったが、夕陽の沈むスピードはさらに速い。息を切らしてようやく辿り着いた時、巨大な夕陽が、水平線と、はるか向こうの地平線をかたちづくっている岬《みさき》との間に、落下するように沈んでいった。

一度、宿に戻り、それからまた夕食のために外に出た。

このところ粗食が続き、栄養不足の気味があるので、今夜はたっぷり食べよう、などと思いながら歩いていると、ディナーのコースを安く食べさせる西洋料理の店が見つかった。スープから始まって、フライドフィシュ、ビーフステーキ、ポテトに温野菜、トースト、そしてアイスクリームに紅茶がついて、四マレーシア・ドルにすぎない。五百円というその安さに感動して、ステーキに骨があるのや、スープの味がどこか間が抜けていることなど、少しも気にならなかった。

満足して夕食を終え、ぶらぶら歩いているうちに映画館の近くに出てきた。全部で五館も並んでいる。インド製、アメリカ製、香港製、フランス製と各国の映画をやっているのだ。どれにするか迷ったあげく、リノ・バンチュラの暗黒街物をやっている映画館に入った。

嬉《うれ》しかったのはマラッカの人々が夜型人間であるらしいことだった。この夜九時から始まる回が簡単に満員になってしまう。やはりここでは映画が依然として娯楽の王であるらしく、三段階に分かれた料金もごく安い。立見でよければ二十セントで見られるくらいだ。

場内で眼につくのは、壁に大書された注意書きである。

DENDA MEROKOK $5・00
FINE FOR SMOKING $5・00
吸煙罰款 $5・00
＊＊＊＊＊ $5・00

最後はヒンドゥー語だが、とても覚えられる代物《しろもの》ではなかった。しかし、いずれにしても、この国が多民族から成る複雑な国家だということを、この注意書きほど鮮やかに物語るものはないように思えた。

フランスの匂《にお》いを微《かす》かに嗅《か》ぎ、宿に戻ってそのままベッドに入ると、窓の上で鳥の鳴く声がする。どうやら海鳥が巣を作っているらしい。深夜の一時を過ぎているというのに、ときおり、雛《ひな》の鳴く声も聞こえる。マラッカでは、海鳥も夜更《よふ》かしをするらしい。

ようやく静かになり、やっと眠ることができたが、それもほんの三、四時間のことにすぎなかった。夜が明けると同時に、まず鳥が騒ぎ出し、犬が吠《ほ》えはじめ、風が強いのか外の戸までがバタンバタンと音を立てはじめた。

寝てもいられず、起きて窓を開けると、かなり強く雨が降っている。マラッカにはもう一日いるつもりだったが、散歩も思うにまかせず、夕陽も見られないのなら、いっそシンガポールに向かった方がいいかもしれない。昼までに出発すれば、今日のうちにシンガポールに着くことができる。

マラッカに未練がないわけではなかった。

前夜の映画館で次に上映される映画の予告篇をやっていた。タイトルは『妲己《だっき》』。どうやら例の毒婦を表わす代名詞になった女性の一代記のような映画らしい。大軍が大平原で激突するシーンにかぶせて、数万のエキストラを動員して成る、といった調子の字幕が出る。乞御《こう》期待、とは書いてなかったが、予告篇の作り方が昔なつかしい東映時代劇とよく似ているのだ。よくはわからないが、主演女優はこれを最後に亡《な》くなったらしい。明天ということだったから、きっと今日から公演されるのだ。

できれば見たかったが、やはりシンガポールへ行くことにして、バスの時刻を調べた。マラッカからシンガポールへの便は午前十一時に一本あるだけだった。乗り遅れると大変なので、十時前に宿を出た。

ところが、なんということか、一時間前だというのにすべての席が売り切れていた。しかし今度は、がっくりする前に、こちらから相乗りタクシーを探した。すると、やはりここにも客待ちをしているタクシーはいて、バスで五ドル半のところを八ドルで行ってくれるという。私は喜んでタクシーに切り換えた。

シンガポールまで昼食時間を入れて約四時間半。その四時間半は、マレー半島縦断の旅の中でも最も楽しい道中のひとつだった。

運転手はマレー人、客はマレー人の中年女性、中国人の学生、マレー人のビジネスマン、そして日本人の私、という構成だった。とりわけマレー人のビジネスマンが陽気だった。ダンロップの社員ということだったが、私が日本人とわかると大喜びで叫びはじめた。

「グッドバイ、サヨナラ。ライト？」

その通りと私が頷《うなず》くと、自分が知っている日本語を歌うように並べたてた。

「アリガトゴザイマス、オハヨゴザイマス、コバンハ、アイウエオ、カキクケコ、サァ、セエ、スゥ、セィ、ソォ……」

とても若そうに見えたが、第二次大戦中に少年時代を過ごし、日本語の教育を受けたようなのだ。その時に習った日本語が、日本人の私を見て、一気に甦《よみがえ》ってきたらしい。日本軍が自転車に乗って南へ進んでいくのを見た、とも言っていた。しかし、その銀輪部隊の話を英語でしていると、また突然、日本語を喋り出す。

「ムカシィ、ムカシィ、オジサン、ト、オバサン、ガ、イマシタ……。コレ、モモタロ。ドゥ・ユー・ノー？」

知ってます。私が言うと、ダンロップ氏は今度は本当に歌いはじめた。

「マモルモ、セムルモ、クロガノノ……」

なにか嬉しくてたまらないといった様子なのだ。たとえその時代がどうであれ、日本語は彼の少年時代の記憶と結びついている。そのなつかしさが、次から次へと日本語を溢《あふ》れ出させているようだった。

「マシーロケ、フジーノネ……」

かなり調子ははずれていたが、素晴らしく陽気な「真白き富士の嶺《ね》」で、逆にそれが私には哀調を帯びて聞こえた。

陽気なダンロップ氏はひとしきり日本の歌をうたっていたが、それに飽きると今度は矢つぎばやに質問を浴びせかけてきた。東京の人口は、おまえの職業は、新幹線のスピードは……。およそ質問になんの一貫性もないが、私が英語で答えると、歓声を上げたり、溜息《ためいき》をついたり、感心したりしながら、それをいちいちマレー語に翻訳して他の乗客に聞かせるのだ。陽気なだけでなく、なかなか見事な気の配り方をする。彼がいるおかげで、タクシーの中の雰囲気は、いつの間にか和やかで楽しいものになっていた。反対に私がマレーシアについて訊ねると、みんなと相談し、より正確な答を出そうとする。運転手の得意な話題になると後に振り向いて喋《しゃべ》り出すのが恐ろしかったが、そこでマレーシアに関する多くのことを教えてもらうことになった。

一時頃《ごろ》、運転手が街道沿いの食堂で車を停《と》めた。

全員で同じテーブルを囲んだが、ダンロップ氏が申し訳なさそうに私に言った。ここら辺りの食堂では、君の口に合うような料理はないかもしれない、というのだ。

「そんなことありませんよ」

私が言うと、彼は首を振った。

「とにかく辛い。慣れていない人にとっては辛すぎるらしいよ」

「平気ですよ。辛いのは好きな方ですから」

そこに店の女主人が注文を訊《き》きにきた。それぞれが思い思いの料理を注文し、私ひとりが残された。あなたが頼んだのと同じものを注文してくれませんか。私が言うと、ダンロップ氏は慌《あわ》てて言った。

「それは無理だ。君には辛すぎる」

「平気です。食べます」

そのやりとりを他の乗客に伝えると、誰もが不安そうな顔になった。しかし、それでも私が頑張《がんば》ると、ダンロップ氏は困惑しながらも頼んでくれた。

しばらくして、出てきたのは、いくつもの小皿に盛られた、鶏肉とエビと魚と野菜とライスだった。そして、米を除くと、そのすべてが実に辛そうなチリー・ソースで煮込まれてあった。

私が一口食べるのを、テーブルにいる全員が息を呑《の》んで見守っている。

「おいしい！」

まず、鶏肉を口に入れてそう言うと、全員がホッとしたような笑顔になった。本当においしかったのだ。辛さもダンロップ氏がおどかすほどのことはなかった。私はおいしい、おいしいを連発して、せわしなく料理を食べた。

ところが、最初はそれほどではないと思っていた辛さが、中盤を過ぎる頃から激しく効いてきた。体中から汗が吹き出してくる。食べるスピードが鈍ってきた私を、周りの人たちがまた心配そうに見はじめた。

どうしても食べると主張した手前もあり、やはり外国人にマレー料理は食べられないのかと失望させるのも悪いような気がして、私は必死に口を動かしつづけた。途中で休むと、もう一口も入らなくなりそうだった。

しまいには辛さが頭のテッペンから突き抜けていくようにさえ感じられたが、とにかく最後の一口まで辿《たど》りつき、どうにかそれを食べ終ると、周囲の人々から安堵《あんど》と賞《しょう》讃《さん》のないまぜになったような吐息が洩《も》れた。

ダンロップ氏は手を叩《たた》いて喜び、大きな声でその店の女主人に報告した。恐らく、この日本人の若い衆がの、ここの料理はうまいうまいとみんな綺麗《きれい》にたいらげてしまったぞな、とでも言っているのだろう。そんなことを思っていると、女主人はさらに店の奥に向かって同じように叫んだ。その声にうながされて、おじいさんは出てくる、おばあさんは出てくる、子供は出てくる、大変な騒ぎになってきた。みんな私を取り囲み、嬉しそうに笑っている。横に坐《すわ》っていた中国人の学生が隣の店でコーラを買ってきてくれると、その前のマレー人の中年婦人は果物売りの少年からリンチーを買い、勧めてくれる。そろそろ出発しようということになり、私が自分の勘定を払おうとすると、ダンロップ氏は冗談ではないといった調子で一緒に払ってしまう……。

それからの車中はさらに楽しいものになった。質問したりされたり、笑ったり手を打ったりしているうちに、四時前に国境の街ジョホール・バルに着いてしまった。

ここで出入国の審査を受ける。シンガポールはヒッピーを嫌《きら》う国として有名で、長髪やむさ苦しいヒゲの持主は入国を拒否されることもあるという。私は髪が伸びるとヒゲソリ用のカミソリで適当に切っていたので問題なく入国を許された。

ジョホール・バルからは水路を隔てた向こうに、南国の陽光をいっぱいに受けたシンガポールの高層ビル群が見えた。私はその光景に九龍から香港島を眺《なが》めた時のような感動を覚えた。

第六章　海の向こうに　シンガポール

1

私はタクシーをアラブ・ストリートという辺りで降ろしてもらった。そこに当てがあったわけではなく、どこか賑《にぎ》やかな場所で降ろしてくれと頼むと、乗客が全員で相談し、アラブ・ストリートがよかろうということになったのだ。

通りから通りへとぶらぶら歩いていくと、何軒か安宿風のホテルが見つかった。しかし、訊《たず》ねてみると、バスもトイレもなくて十ドルとか十二ドルとか、かなり高いことを言う。一シンガポール・ドルは百円強だから、千円以上になってしまう。それでは長く滞在できない。私はさらに安い宿をとうろつき廻《まわ》った。

そこはアラブ・ストリートという名にふさわしく、通りには金色屋根のモスクが建ち、またインドから中近東にかけての雰囲気《ふんいき》を持つ店が並んでいる。

それらの店が扱っている品物はほとんどが布地か衣料品で、しかもとてつもなく安かった。タイよりもマレーシアよりも、香港と比べてさえも安い。値段を訊ねると、ワイシャツが三百円、白い無地のTシャツが百八十円という答が返ってきた。ちょうどパンツを補給しなければならないところだったので、一枚買ってみることにした。形と色に若干の難点はないではなかったが、六十円という値段に感動して、思わずもう一枚買い足してしまった。

やがて川に出る。橋を渡り、さらに歩いていくと今度はガラクタ市が始まる。暮と正月に東京の世田谷で開かれるボロ市のようなものだと思えばいいが、そのガラクタぶりときたらボロ市などの比ではない。

たとえば、ひとりのオバサンが道路に半畳くらいのシートを広げて商売している。そこに並べられている物といえば、ざっとこんな具合だ。

まず使い古しのスプーン六本。それをきちんと間隔をあけてディスプレーしている。その横に壊れた錠前三個。これもスプーンと同じように綺麗《きれい》に並べられている。あとは錆《さ》びたハサミが四つに絵具でカチカチになった筆が一本あるだけ。こんな物を買う人がいるのだろうか、きっと商売にはならないのだろう、などと思いながら見ていると、世の中は広いもので、何に使うのか中年のオッサンがカチカチの筆を買っていった。

ガラクタ市には、当然のことながら真っ当な骨董《こっとう》もあり、家具や仏具やコインを扱う店にはかなりの上物があった。

一軒の店で見事な懐中時計を売っていた。一八九四年スイス製、動いてはいないが盤の文字が美しい。

「いくら？」

店先に坐っている老人に訊ねた。

「二十ドル」

一シンガポール・ドルは約百円だから二千円ということになる。欲しかったが、無駄《む》遣《だ》いはできない、といったんは諦《あきら》めた。しかしどこか諦め切れず、しばらく行ってからもう一度引き返し、

「これ、十五ドルだろ？」

といきなり言うと、

「いや、十七ドルさ」

と老人は慌《あわ》てて答えた。

私が笑い出すと、老人も一杯食ったのに気がつき照れたような笑いを浮かべた。だ

が、意外に善良そうなその笑顔を見ているうちに、このような老人を引っ掛けたのが申し訳なくなってきた。私は、また来るから、と言ってその場を離れた。別の日に来て、今度は言い値で買ってあげようと思ったのだ。

この辺り一帯は、シンガポールの秋葉原であり、アメ横であり、浅草橋であるようなところなのだろう。シンガポールへの第一歩としては絶好の土地に足を踏み入れたものだ。しかし、香港の廟街《びょうがい》やバンコクのサンデー・マーケットなどに比べると、どことなく小綺麗で香具師《やし》や大道芸人が見当たらないのがつまらないといえばいえなくもない。

安そうなホテルがあると、一応は中に入って値段を訊《き》いてみたが、どこも一泊十ドル以上する。シンガポールではそのくらいは仕方がないのかな、と覚悟をしはじめた時、道の向こうから白人の若者がやってくるのが眼《め》に入った。男性の二人連れだ。その風体からすると私と似たような旅をしているらしい。

「やあ」

擦れ違いざまに声を掛けると、二人も同時に声を出した。

「やあ」

私は立ち止まり、彼らに訊ねた。

「いま、どんなところに泊まっているの？」

「ここから少し行ったところの、サウス・シーズというホテルさ」

ひとりがゆっくりした英語で答えてくれた。

「そこは、安い？」

「まあまあだろうな」

「いくら？」

「八ドル」

「それなら安いじゃないか」

チャイニーズの経営する宿かと確かめると、そうだと言う。恐らくサウス・シーズとは「南海」を単純に英訳したものにすぎないのだろう。サウス・シーズ・ホテル、すなわち南海旅社。名前は悪くない。

「部屋は空いているかな」

「さあ、どうだろう」

「行ってみようかな……」

私がひとり言のように呟《つぶや》くと、別のひとりが気軽に応じてくれた。

「なんだったら案内してやってもいいよ。ちょうど僕たちも帰るところだから」

彼らが連れていってくれた宿の名は、やはり南海旅社といった。出てきた老婆《ろうば》に部屋はあるかと訊ねると、それには直接答えず、逆に何日泊まるつもりかと訊ねてきた。

「二、三日……」

いつものように曖昧《あいまい》な返事をすると、それならある、ただし三日分の金を前払いするならば、と言う。その言い方がいかにも強欲そうで、よほどやめようと思ったが、ザックを背負ってまたホテルを探しまわるのは面倒だった。

私は部屋を見せてもらい、さほど汚れていないことを確認してから二十四ドルを支払った。

部屋で荷物を解いているうちに日が暮れてきた。腹が空いてきたので部屋を出て階下に降りると、先ほどの二人組に出喰わした。彼らもやはり食事に行くところだという。私たちは一緒に夕食をとることにした。

三人で繁華な通りまで歩いていく道すがらポツポツと言葉を交わしたが、それによれば、彼らはニュージーランドの若者で、二人とも今年で二十一になるということだった。大学を中退し、二千九百ドルの金を持って国を出てきたのだという。ニュージーランドからオーストラリアに渡り、一週間前にシンガポールに着いた。だから、旅に出てまだ一カ月にしかならないともいう。それなら、年齢の上でも、旅の上でも、旅私の方がいくらか先輩ということになる。

「どこへ行くつもりなの？」

私が訊ねると、彼らはほとんど声を合わせるようにして答えた。

「アラウンド・ザ・ワールド」

世界一周。そう答える彼らの声には、微《かす》かな誇らしさのようなものが混じっていた。

十字路に屋台のジュース屋が何軒も出ていた。オレンジ、パイン、ミカン、レモン、サトウキビ。これらのものを絞り、氷を浮かせて並べている。ちょうど喉《のど》が渇いていたので、飲まないかと誘うと、こんなものを飲むのかというような顔で私を見た。

「まだ飲んだことがない？」

私が少し大袈裟《おおげさ》に驚いて見せると、彼らは急に恥ずかしそうな表情になり、頷《うなず》いた。私は先輩風を吹かせ、彼らに言った。君たちが次にどこへ行くのか知らないが、少なくとも東南アジアを廻って行こうとするならば、このジュースを飲まないという法はない。これはどこに行ってもあるし、コーラや瓶《びん》入りのジュースなどに比べると、はるかに安くてうまい。いわば、国民的飲料、もっと広く、東南アジアの全地域的な飲料なのだ。コーヒーであり、ティーのかわりでもある。こういうものを避けていては、大した旅はできないのではあるまいか……。

実を言えば、この手のジュースは香港にもあったのだが、その時は私もなんとなく手を出しかねていた。薄汚れたコップが幼ない頃《ころ》から学校などで叩《たた》き込まれた衛生観念のアレルギーを引き起こしていたのだろう。しかし、バンコクで、あまりの喉の渇きに耐えられず一杯飲んでからは、むしろ病みつきになった。前の客が飲んだコップを盥《たらい》の水をくぐらせるだけで洗うということにも抵抗感を覚えなくなった。旅に出て鈍感になっただけなのかもしれないが、それ以上に、またひとつ自由になれたという印象の方が強かった。

自分の経験からしても、これから世界一周の旅行をしようという彼らが、いつまでもコーラに頼っていなくてはならないのは不自由すぎると思えた。

サトウキビを万力《まんりき》のようなもので懸命に絞っているジュース屋の親父《おやじ》に、一杯いくらかを訊ねると、十セントという答が返ってきた。

「コーラは？」

ニュージーランドの若者二人組に訊ねた。

「四十セント」

答える声は小さかった。私がサトウキビのジュースを注文すると、彼らも同じものをという合図をした。サトウキビのジュースには独特の青臭さがあり、彼らにとっては最も飲みにくいものだったろうが、私が飲み終るのを見たあとで、まるで薬でも口に放《ほう》り込むようにして一気に飲み干した。

「どうだった？」

私が言うと、ひとりが叫ぶように言った。

「グッド！」

もうひとりも意外そうな顔で頷いている。私は嬉《うれ》しくなり、ほら、言っただろ、というように冗談めかして肩をそびやかした。

その時、どこからかいい匂《にお》いが流れてくるのに気がついた。少し離れた屋台からのものらしい。彼らをうながし、近づいていった。それは粥屋《かゆや》だった。中国人にとって粥は朝食のためのものと思っていたが、シンガポールでは夜にも食べるらしい。さまざまな粥屋があったが、とりわけいい匂いに感じられたのは魚の粥だった。種類はわからないが生の魚を何枚かに薄くおろし、その切身を入れ、上から煮えたぎるような熱い粥をかける。それだけのものだが、生きのいい魚と何カ月も御無沙汰《ごぶさた》している私には、たまらなくおいしそうに映った。

「食べないかい」

私が言うと、二人はさっきのジュースの時以上に不安そうな表情になった。魚の生臭さが気味悪かったのだろう。それでも、私がかまわず一杯もらうと、彼らもおっかなびっくり手を出した。その粥は予想通りうまいものだった。魚への熱の加わり方が絶妙だった。煮ても焼いてもこうはならないだろうというように、中心にかすかな生の部分を残している。もちろん、長く碗の底に沈めておけばすっかり熱が通るのだろうが、ステーキでいえばミディアム・レアーとでもいうべき魚の歯ごたえに誘われて、私は先に切身をすべて食べてしまった。それを二人は奇異なものでも見るような呆然《ぼうぜん》とした眼つきで眺《なが》めている。ついに彼らは碗の半分も食べられなかった。

悪いと思った私は、彼らがいつも食べている店で食べ直そうと提案した。私はまだまだ充分に食べられそうだった。ホッとしたらしい彼らが連れていってくれたのは、サテー屋だった。聞けば、毎日こればかり食べていたのだという。マレー風焼き鳥といった趣きのあるサテーは、バーベキューに馴染《なじ》んだ彼らにとって最も近づきやすいものだったのだろう。しかし、このシンガポールが旅に出てから初めての異国らしい異国ということはあっただろうが、香港の時の私と比べても、はるかに旅の仕方が硬直している。あるいは、私が異常に簡単に順応してしまっただけなのだろうか。

「これから、どういうコースをとって世界一周するのかな」

私が訊ねると、二人がかわるがわる説明してくれた。それによれば、まずシンガポールからジョホール・バルへ行き、マレー半島を北上する。バンコクに着いたら、周辺諸国の中であまり危険のなさそうな国々を少し歩いて廻る。次に香港、台湾を経由して日本へ渡る。さらに、ハワイへ寄ってからアメリカ本土に向かう。それから先はアメリカに着いてから決める、ということだった。途中までは、私が辿《たど》ったコースと重なる部分が多い。私は弟分のような彼らに、自分が東南アジアを歩いているうちに身についた、一種の旅の仕方の知恵のようなものを伝えたいと思った。

サテーを食べながら、私は下手な英語を必死にあやつり、食べ物は土地の人が食べたり飲んだりしているものが安くておいしく、結局は合理的だということ、あるいは宿について困ったら中華街を探せばいい、なぜならそこには安くて安全な宿が必ずあるものだから、といったようなことを話した。

「それに、旅先で出会う人を必要以上に警戒しない方がいい。その人が悪人で、君たちをだまそうと近づいてくる可能性がまったくないわけではないけれど、それを恐れて関《かか》わりを拒絶すると、新しい世界に入ったり、経験をしたりするチャンスを失なってしまいかねない」

そう言って、香港のゴールデン・パレスの話をすると、彼らの眼に尊敬の念のようなものが宿りはじめた。私はいい気持になり、さらに兄貴風を吹かして喋《しゃべ》りつづけた。

彼らは明朝シンガポールを出発するという。ジョホール・バルまではバスで行くが、それから先はヒッチ・ハイクで行けるところまで行くつもりだという。

「では、いつか、どこかで、また会えることを……」

再び会うことはないだろうと思いつつそう言いかけると、彼らのひとりがせき込むように言った。

「明日は朝が早いので、多分さようならは言えないと思う。もしよかったら、いまアドレスを交換させてくれませんか」

私は喜んで彼らの差し出すノートに住所を書き込みながら、しかし残念ながら君たちが日本に来る頃にはまだ帰っていないだろう、君たちが逆まわりをしてくるというなら別だが、と呟いた。そして、なんの気なしに訊ねた。

「どのくらいの期間で廻るつもりなの？」

するとと、ひとりが事もなげに答えた。

「三年か、四年」

私はショックを受け、住所を書く手が止まってしまった。まさか、彼らがそれほどの覚悟で旅に出ているとは思ってもいなかった。せいぜいが、半年とか一年とかいう程度だろう、と考えていた。

〈三年か、四年……〉

私は胸の奥でその言葉を反芻《はんすう》しているうちに、しだいに不思議な気分になってきた。今のいままで、私はこの旅を半年くらいで切り上げるつもりでいた。半年後にはロンドンへ行き、そこから友人に電報を打って帰る。ところが、実際に旅に出ると、あちこちの街に寄りたくなり、予想外に時間がかかってしまった。しかし、それにもかかわらず、依然として半年後には帰るのだという考えは、根が生えたように変化しなかった。だから、寄り道をする面白さとは別に、凄《すさ》まじいスピードで日が過ぎていき、とうてい半年後に着けそうもないということがわかるにつれ、焦《あせ》りのようなものが生まれはじめていた。

だが、よく考えてみれば、いや、よく考えてみるまでもなく、半年でロンドンに行かなければならない理由は何ひとつなかったのだ。一年でも二年でも、彼らのように三年、四年かけてもいい。私はその単純なことにこれまでまったく気がつかなかった。ただひたすら、半年後、半年後と思っていた。このような旅に一年も二年も使うということに考えが及ばなかったのだ。

私は眼の前の霧が吹き払われたような気分になった。急ぐ必要はないのだ。行きたいところに行き、見たいものを見る。それで日本に帰るのが遅くなろうとも、心を残してまで急ぐよりはどれだけいいかわからない。そうだ、そうなのだ……。

私は柄《がら》にもなく酒を振舞いたくなり、ビールを注文すると、「アンカー」という名の銘柄が出てきた。私はニュージーランドの二人組と再会を約して乾杯した。まさに、錨《いかり》を上げて、であった。

2

宿に帰り、することもなくベッドの上に寝転がっていると、たった一本のビールがきいてきたらしく、ほろっとした気分になってきた。その柔らかい酔い心地に誘われたのか、ぼんやり天井を見上げている私に、日本でのさまざまなことが思い出されてきた。出発間際《まぎわ》の慌ただしい日々のことから、遙《はる》か遠い何年も前のことまで、いくつもの情景が、切れぎれに、脈絡もなく浮かんでくる。

意外ななつかしさに、その思いの中に浸り切っていると、不意に、自分はなんだってこのような旅に出てきてしまったのだろうという、当然わかっているつもりのことが曖昧《あいまい》になってきた。あるいは、曖昧になったのではなく、日本を出る、とにかく出る、ということに夢中になっていて、今まで一度もきちんと考えたことなどなかったのかもしれない、という気もしてきた。

本当に、どうしてだったのだろう。いったい、自分は、なんだってこんなところにいるのだろう……。

私はフリー・ランスのライターだった。ルポルタージュを書くという仕事を始めたのはまったくの偶然からだった。私はもともとこのような世界に足を踏み入れるつもりはなかった。大学を卒業したら当たり前の勤め人としてどこかの会社に就職するつもりだった。そして実際、卒業する一年前には丸の内に本社を構える企業のひとつに入社が内定していた。ところが、私たちの大学では長引いた学生ストライキのために卒業が遅れ、ようやく会社に入ることができたのは普通の人より三カ月も遅れた七月一日のことだった。しかし、その入社の日が私にとっての退社の日でもあった。

なぜたった一日で会社を辞めてしまったのか。理由を訊《たず》ねられると、雨のせいだ、といつも答えていた。私は雨の感触が好きだった。雨に濡《ぬ》れて歩くのが好きだったのだ。雨の冷たさはいつでも気持よかったし、濡れて困るような洋服は着たことがなかった。ところが、その入社の日は、ちょうど梅雨どきであり、数日前からの長雨が降りつづいていた。そして私の格好といえば、着たこともないグレーのスーツに黒い靴《くつ》を履き、しかも傘《かさ》を手にしているのだ。よほどの大雨でもないかぎり傘など持ったこともないというのに、今日は洋服が濡れないようにと傘をさしている。丸の内のオフィス街に向かって、東京駅から中央郵便局に向かう信号を、傘をさし黙々と歩むサラリーマンの流れに身を任せて渡っているうちに、やはり会社に入るのはやめようと思ったのだ、と。この話に嘘《うそ》はない。しかし、他人にはそう説明しながら、それとは違う、もう少し別の理由があったはずだ、という思いもなかったわけではない。ルポルタージュを書くという仕事についたのは、やはり偶然からだったとしか言いようがない。就職もしないでぶらぶらしている私を心配して、大学のゼミナールの教官が何か文章でも書いてみないかと雑誌社を紹介してくれたのだ。

別にどうしてもと選んだ職業ではなかったが、やってみると意外なほど面白かった。役者が、自分たちの仕事の面白さを説明する時によく用いる言葉に、何種類もの人生を味わうことができるからというのがある。私にとってのルポルタージュのライターとしての面白さというのもそれと似ていたかもしれない。ひとつの世界を知るために、その世界に入っていき、そこで生きてみる。束《つか》の間《ま》のものであり、仮りのものでしかないが、そんなことを何度でも繰り返せるのだ。あるいは、その存在の仕方は、アメリカのハードボイルドの小説に出てくる私立探偵《たんてい》と似たようなところがあったかもしれない。くたびれかけたハードボイルド・ヒーローのひとりはこんなことを言っている。

「私は、人々の生活の中に入り込み、また出て行くのが好きなのです。一定の場所で一定の人間たちと生活するのに、退屈を覚えるのです」

　私たちもまたどんな世界にでも自由に入っていくことができ、自由に出てくることができる。出てこられることが保証されれば、どんなに痛苦に満ちた世界でもあらゆることが面白く感じられるものなのだ。私自身は何者でもないが、何者にでもなれる。それは素晴らしく楽しいことだった。

　仕事をしはじめたばかりの頃、一カ月をこう生きられたらいいのだが、と夢想していた。一カ月を三つに分け、月のうち十日を取材、十日を執筆に、そして残りの十日は飲んだくれるために使う。かりにそれが三カ月を単位にして、一カ月を取材、一カ月を執筆、もう一カ月を酒となってもいいが、いずれにしても三分の一は好きなことをして暮らす。

　その夢のような暮らし方も、一年くらい前までは可能だった。三月にひとつの仕事では金に困らないはずはなかったが、好きな酒を呑《の》むくらいのことはできていた。

　私は仕事を初めて三年ほどを快適に過ごした。好きな仕事を好きなようにやる。それで不快なはずはなかったかもしれない。仕事が少しずつ増え、一カ月も遊び呆《ほう》けるということが許されなくなっても、まだ充分に楽しかった。

ところが、漠然《ばくぜん》と書き継いでいた文章が思いがけず一冊の本になった頃から、状況が急激に変化した。仕事の依頼が極端に増えはじめたのだ。ノンフィクションの若い書き手が少なかったということもあるだろう。そのもの珍らしさも手伝ってか、それまでの私にとっては「殺到」という言葉を使いたくなるほどの状況になってきた。大切な三分の一の日々を使い切っても仕事が捌《さば》き切れない。私は、こんなはずではなかったのに、と思うようになった。

偶然のことから入った世界だから、いつ出ていってもいいのだ。その思い切りが、自分の好きな仕事を好きなようにやる、という仕事ぶりを支えてくれていた。私は明らかにアマチュアのライターだった。ところが、仕事の量がいつの間にか私を職業的な書き手になるように強《し》いはじめていた。プロになるのは御免だった。私には、どこかで、ものを書くという仕事が自分の天職だとはどうしても思えなかった。私には、どこかで、自分にはこれとは違うべつの仕事があり、別の世界があるはずだと考えているようなところがあった。

その頃からである。どうにかしなくてはならない、と思うようになったのは。

だが、なぜ、それが日本を出るということになってしまったのだろう。かりにプロになりたくなかったにしても、他にいくらも方法はあっただろうに、どうして日本を離れ外国に行くという極端なことになってしまったのか。

ひとつには、私がジャーナリズムの世界に紛れ込んだ、そのごく初期に遭遇した最も鮮烈な個性を持った人物が、男は二十六歳になるまでに一度は日本から出た方がいいと口癖のように呟《つぶや》いていた、ということがある。なぜ二十六歳なのかといえば、それはただ単に彼自身がアメリカに渡った年齢にすぎなかったのだが、私には二十六という数字が奇妙に印象に残った。そしてその頃、私はまさに二十六歳になろうとしていた。しかし、それだけがこの旅への引き金になったわけではない。

すべては私の口から出まかせの言い逃れから始まった。仕事を依頼されるが、引き受けることができない。しかし、何と言って断わったらいいのかわからない。プロにはなりたくないからなどとは、さすがの私でも言えなかった。とりわけ、私によかれと思って依頼してくれているのがはっきりとわかる場合に、どう断わっていいか窮してしまうということが続いた。断わりの口実に困り、私は苦しまぎれに嘘をつくようになった。つまり、自分は間もなく外国に行くので仕事は受けられないのだ、と。この口実は、思いがけないことによほど説得力があったらしく、どんな人でも簡単に納得してくれた。しばらくの間、私は会う人ごとに、外国へ行くので……、外国に行くから……、と言い暮らしていた。だがその断わりの方法も意外なところで破綻《はたん》してしまった。

当時、私のアパートの部屋には電話という文明の利器がなく、やはり東京にある父母の家を緊急な用件があった場合の中継点にしてもらっていた。一日に一回は家に電話を掛け、仕事先からの連絡がなかったかどうか確かめる、というようなことをしていたのだ。ところが、私が外国旅行を口実に仕事を断わっていると、「外国に出かける」というのがいつの間にか「外国に出かけた」になり、ついには母親のもとに「いつお帰りになります」というような電話が掛かってくるまでになった。事情のわからぬ母親は、そのたびに曖昧な返事をしていたらしいのだが、ある時、彼女に決然と申し渡されてしまった。私はもう弁解したり嘘をついたりするのはいやだから、とにかく日本を出ていってくれないか、どこでもいいから外国とやらに行ってくれないか……。

私は、春のある日、仕事の依頼をすべて断わり、途中の仕事もすべて放棄し、まだ手をつけていなかった初めての本の印税をそっくりドルに替え、旅に出た。せっかく軌道に乗りかけているのに、今がいちばん大事な時ではないか、と忠告してくれる人もいた。だが、ジャーナリズムに忘れ去られることなど少しも怖くはなかった。それより、私には未来を失なうという「刑」の執行を猶予《ゆうよ》してもらうことの方がはるかに重要だった。執行猶予。恐らく、私がこの旅で望んだものは、それだった。

確かに、粋狂なことをしたかった。デリーからロンドンまで、乗合いバスを乗り継いで行くという、およそ何の意味もなく、誰にでも可能で、それでいて誰もしそうにないことをやりたかった。しかし、それは自分や他人を納得させるための仮りの理由に過ぎなかったのかもしれない。

多分、私は回避したかったのだ。決定的な局面に立たされ、選択することで、何かが固定してしまうことを恐れたのだ。逃げた、といってもいい。ライターとしてのプロの道を選ぶことも、まったく異なる道を見つけることもせず、宙ぶらりんのままにしておきたかったのだ……。

手を組み、その上に頭をのせてベッドに横たわっていた私は、そこまで考えが及んだ時、あの雨の日、自分が就職を断念して丸の内から帰ってきてしまった真の理由がわかったように思えた。あれも、ただ単に逃げたかっただけなのかもしれないという気がしてきたのだ。つまり、属することで何かが決まってしまうことを恐れ、回避したのだと。

宿に帰る途中でニュージーランドの若者と交わした会話の断片が頭に浮かんできた。

「旅行から帰ったらどうするつもり？」

私が何気なく訊ねると、二人は初めて暗い顔つきになって、呟いた。

「そう……」

「わからない……」

あるいは、彼らも人生における執行猶予の時間が欲しくて旅に出たのかもしれない。だが、旅に出たからといって何かが見つかると決まったものでもない。まして、帰ってからのことなど予測できるはずもない。わからない。それ以外に答えられるはずがなかったのだ。

そして、その状況は私にしても大して変わらないものだった。わからない。すべてがわからない。しかし人には、わからないからこそ出ていくという場合もあるはずなのだ。少なくとも、私が日本を出てきたことのなかには、何かが決まり、決められてしまうことへの恐怖ばかりでなく、不分明な自分の未来に躙《にじ》り寄っていこうという勇気も、ほんの僅《わず》かながらあったのではないかという気がするのだ……。

愛の言葉を囁《ささや》き合っているのだろうか、顔を接するばかりに近づけている天井のヤモリたちの動きを眼《め》で追いながら、私はそんなことも思っていた。

3

翌朝、私は早起きし、二人がマレー半島へと出発するのを見送った。そして、私はその日から、南海旅社を拠点にシンガポールの街をうろつきはじめた。

シンガポールは大きく変貌《へんぼう》を遂げようとダイナミックに動いている都市だった。到るところで古い建物が壊され、新しく高層ビルディングが作られている。すでに完成している建物には、高級輸入品店やレストランが入り、辺りにきらびやかさをふりまいている。しかし、物にほとんど興味のない私にとっては、フランスやイタリアの洋服や革製品がいくら安くても関係なかった。

チャイナ・タウンもうろついたし、オーチャード・ロードも歩いた。タイガー・バーム・ガーデンも見物したし、あらためてサルタン・モスクへも行ってみた。だが、どこもつまらなかった。すべてが、これまで通ってきた土地にあるものばかりだった。しかも、そのミニチュアにすぎない。

とりわけ落胆したのはチャイナ・タウンだった。近代化の波に激しく洗われているせいなのか、狭く、小さく、なにより活力がなかった。私は五日もいると退屈するようになった。サマセット・モームが泊まったことがあるという有名なラッフルズ・ホテルで紅茶を飲み、帰りにどこかで映画を見てくる。しかし、それも三日続けると飽きてしまった。シンガポールに大きな期待を抱いていただけに、落胆の度合も大きかった。

ある日、いつものように宿を出て、ぶらぶら歩きながら、さて今日は何をしよう、と考えている時、不意にひとりの人物の名前が浮かんできた。日本を出発する直前、もしシンガポールへ行くことがあれば訪ねてみるといい、と知人に言われた人の名だ。シンガポールへ寄ることなど考えてもいなかった私は、連絡先も控えようとせず、軽く聞き流してしまったが、あるいはその人を訪ねていけば、この退屈な状況に多少の変化が起きるかもしれない、という気がしてきた。

その人は日本の通信社の特派員だった。私は近くのホテルのロビーに入り、通信社の支局の電話番号を調べ、思い切ってダイヤルを廻《まわ》した。運よく特派員氏が直接電話口に出てくれた。紹介してくれた知人の名を告げ、お忙しいようでしたら別の日に掛け直しますがと言うと、彼はここ数日は大した事件もありませんからと笑い、支局までの道順を教えてくれた。

訪ねたオフィスには、特派員氏がひとりで机に向かっていた。内部は意外に狭く質素だった。しばらくは、あたりさわりのない言葉をかわしていたが、私が取材のためでもなく、普通の観光でもなく、ヒッピー風の貧乏旅行をしていると知ると、彼は迷惑がるでもなく、むしろ興味深げにこれまでの道中について訊ねてきた。

話がバンコクからの鉄道の旅にまで及んだ時、彼が遠慮がちにさえぎった。

「今日はこれで家に引き上げようと思うんですけど……」

「………？」

よほど私が不思議そうな顔をしたらしく、彼は慌《あわ》てて付け加えた。

「この商売に半ドンもないんですけど、一応ここでも土曜は半日ということになっているもんですからね」

狼狽《ろうばい》するのは今度は私の番だった。今日は土曜日だったのだ。

旅をしているうちに、それも何カ月も旅をしているうちに、得たものと失なったものがいくつかあるとすれば、まず失なった最初のものは「日にち」だったかもしれない。今日が三日であろうが十七日であろうがどうでもよくなる。一日がただ同じように過ぎていくだけだからだ。しかし、それでもしばらくは「曜日」の感覚だけはあった。今日が月曜なのか金曜なのか、そして日曜が過ぎると、また一週間過ぎてしまったなと思うのだ。だが、「日にち」に続き、これまで持っていたはずの「曜日」の感覚まで失なってしまっていたらしい。やがて、「月」も、あるいは「年」までも失なうことになるのだろうか……。

時計を見ると午後二時近くになっている。土曜の午後にオフィスを訊ねるなど、私の方が非常識だった。

私は腰を浮かし、詫《わ》びを言って帰ろうとした。すると、彼はさらに慌てて言った。

「そうではなくて、その続きは家でしませんかと言うつもりだったんですよ」

「でも……」

「昼はまだなんでしょ。何もないだろうけど、一緒に食べていきませんか」

一応は遠慮したが、彼に強く誘われ、結局その言葉に甘えることにした。遠慮が一応のものでしかなかったことがわかられてしまったようで、少し恥ずかしかった。

彼の住まいは、閑静な住宅街の一角に建つ、落ち着いた外観のアパートにあった。部屋に足を一歩踏み入れたとたん、広いリビング・ルームで、小学校低学年と思われる二人の少年を、華やかな顔立の美人が大声を出して追いかけ廻しているのが眼に飛び込んできて、度胆《どぎも》を抜かれた。それが彼の妻と幼ない息子たちだった。

私はその日、実に久し振りに家庭的な日本料理を口にすることができた。料理も確かにおいしかったが、ありがたかったのはその場の雰囲気《ふんいき》がさりげない暖かさで満たされていたことだった。彼はもちろんのこと、夫人も少年たちも、ことさら客として気を使うわけではなく、かといって無視するわけでもない。少年たちはいかにも悪戯《いたずら》が好きそうなワンパク坊主《ぼうず》だったが、芯《しん》のところでの躾《しつけ》のよさと素直さがはっきりわかる明かるい子供たちだったし、夫人は夫人で、よく笑い、怒り、またすぐ笑い出すという、イタリアでならソフィア・ローレンの役どころのような、豪快で陽気な女性だった。私はあまりの居心地のよさにいつまでも話しつづけ、勧められるままに図々《ずうずう》しくも夕食まで御馳走《ごちそう》になってしまった。

帰り際《ぎわ》に彼が言った。

「シンガポールにもう少しいるつもりだったら今いるホテルを引き払ってきませんか」

「…………？」

「この近くに安くていい宿があるんですよ」

彼の説明によれば、この住宅街のはずれに明星楼というバーがあり、その二階が宿になっている。あまりいかがわしくもなく清潔なので、友人がシンガポールに来たりするとホテルをキャンセルさせ、そこに泊まらせることにしているのだという。値段も十五、六ドルと大ホテルの数分の一でしかないので大いに喜ばれるという。

「十五、六ドルですか……」

私が呟くと、その安さに驚かないのが意外らしく彼が訊ねた。

「いまいるホテルは何ドルくらいですか」

「一泊八ドル」

「八ドル！」

彼はびっくりしたような声を上げ、それでは無理に勧められないなという表情になった。

八ドルと十五、六ドル、およそ倍の値段だ。どうしようと迷っていると、傍《そば》で話を聞いていた夫人が極めてあっさりと言ってのけた。

「移っていらっしゃいよ。食事をするのも近い方が面倒がなくていいでしょ」

毎日食事を食べさせてくれるつもりらしい。私は嬉《うれ》しくなって、そうします、といささか調子のよい返事をしてしまった。

翌日、南海旅社から明星楼に引っ越した。明星楼は十六ドルだったが、昼夜の食事代が浮いたことを考えるとむしろ安いくらいだった。彼の家では、食事をさせてもらったばかりでなく、少年たちとキャッチ・ボールをして遊んだり、書棚《しょだな》にある日本の本を自由に読ませてもらったりした。

特派員である彼は、何かの役に立つかもしれないからと言って、いろいろな場所に案内してくれた。地元の財界人とのインタヴューにも連れていってくれたし、からゆきさんたちに着物を売ることで商売の基礎を築いたという呉服屋に会わせてもくれた。日本で叙勲されたのを機会に帰国するという、そのパーティーに連れていってくれたのだ。

別の日には、ジョホール・バルのサルタンの息女との会食の場にも伴ってくれた。シンガポール在住の日本婦人によるコーラス部が、ジョホール・バルの盲学校でチャリティーのコンサートを催すことになり、あまり英語が上手でない彼女らに人の好い彼が通訳として狩り出されてしまった。コンサートが終ったあとで、チャリティーの礼として、サルタンの息女、つまり回教君主の王女が昼食に招待してくれることになっているから一緒に行かないか、と誘ってくれたのだ。

サルタンの息女は、もう四十になろうかという年齢に見受けられたが、ショートカットの髪と黒眼がちの瞳《ひとみ》が魅力的な、これはマレーシア版オードリー・ヘップバーンとでもいうべき美しい王女様だった。彼女は宮殿の内部を案内してくれたあとで、海の見えるテラスで紅茶とサンドウィッチをふるまってくれた。

だが、この王女様とも、先の呉服屋とも、私は通り一遍の挨拶《あいさつ》をかわしただけで引き下がってしまった。これが日本にいる時だったら、話を聞くために粘りに粘ったにちがいない。しかしどういうわけか、さっぱり興味が湧《わ》いてこない。旅を続けているうちに好奇心が摩耗してしまったのだろうか。いや、それほどの時間はたっていないはずだ。では、なぜだろう。思いをめぐらしているうちに、その原因がやはりこのシンガポールという街にあるような気がしてきた。シンガポールという街が、私にとってはどこかもの足りなく刺激に乏しいため、好奇心が活発に動き出さないのではないだろうか、と。

彼の家は快適で食事はおいしかったが、この街が退屈だという思いは深まるばかりだった。

その日、彼の家で昼食を御馳走になってから、本を一冊借り、日本人墓地に出かけた。それが『女たちへのエレジー』を書いた金子光晴の詩集だったからといって、別にからゆきさんたちの苛酷《かこく》な生涯《しょうがい》に思いを致そうなどという殊勝な心構えがあったわけではない。墓地の最も奥まったところには南方軍総司令官だった寺内寿一の墓とロシアからの帰途にインド洋上で死んだ二葉亭四迷の墓があり、その周辺はまるで芝生のような気持のよい草むらになっている。私はそこへ行って、木蔭《こかげ》で涼みながら本でも読もうと思っただけなのだ。

タクシーなら簡単だが、路線バスを使って行くと、停留所からかなり歩かなくてはならない。南国の昼下がりの強烈な太陽に照りつけられ、シャツが汗で濡《ぬ》れてくる。ようやく墓地に辿《たど》り着き、誰もいない墓地を抜けて奥に入っていくと、珍らしいことに私の気に入りの場所にはすでに先客がいた。シンガポールの高校生らしい男女七、八人が、輪になって楽しそうに談笑している。下校の途中なのか授業を抜け出してきたのかは定かではなかったが、いずれにしても、彼らにとってはここは墓地である以前に、人眼の届かない格好の遊び場であるに違いなかった。

私は彼らと少し離れたところに坐り、本を拡《ひろ》げた。

これまで金子光晴に関してはほとんど関心がなかった。彼については、戦時中にも『落下傘《らっかさん》』に代表される反戦的な詩を書きつづけてきた詩人という程度の知識しかなかったし、詩そのものも中学校の教科書に載っていた「おっとせい」くらいしか読んだことがなかった。しかし、書棚にあった金子光晴の詩集をなにげなく手に取り、巻末に附された年譜を眺めているうちに、彼が私とほとんど同じような土地を放浪していることを知って、にわかに興味が湧《わ》いてきた。金子光晴は五年に及ぶ長い放浪の旅の途中でシンガポールに立ち寄り、私とは正反対のルートをとって、マラッカ、クアラルンプールを経て、ペナンへ行っているのだ。そして、実際に読んでみた彼の詩は、一行一行、沁《し》み入るようにこちらに伝わってきた。

この人生のことを僕はなにもおぼえてゐない。
それは、雨のせゐだ。
一滴、一滴が僕をねむらせ、
おぼえてゐないでいいといふ。

私が『水勢』の中の「雨の唄《うた》」という長詩の一節に眼を留めていると、不意に高校生の輪の方から声が飛んできた。
「あなたは日本人ですか?」
そうだよ、と私が答えると、それが引き金になって、高校生たちは一斉《いっせい》に口を開き、質問を投げかけてきた。しばらくはその場で答えていたが、やがて私は本を読むことを諦め、立ち上がって彼らの輪に入っていった。

そこで私は、彼ら高校生からあらためてさまざまな質問を受けた。日本の経済的な成功は何に由来するのか、といった一冊の本をもってしても答えられないような質問もなくはなかったが、おおむね彼らの関心は日本の同世代の生活ぶりにあった。話題はあちこちに広がり、だからとりとめのないものに終始したが、この地でも徐々に苛烈になりつつある進学競争を重苦しく感じながら、しかし決して社会の否定には向かわないという、シンガポールの若者たちの現実感覚のようなものがわかって面白かった。

彼らと一緒になって笑ったり大声を出したりしているうちに、こちらにもひとつ訊ねたいことがあるのを思い出した。

前夜のことだ。ひとりでチャイナ・タウンをぶらついていると、胡《う》散臭《さんくさ》いところのある男がすり寄ってきて、中国語でなにごとか話し掛けてくる。言葉がわからないという素振りをすると、なんだといった顔をして離れていった。その態度に逆にこちらの興味が湧き、その男の行動を眼で追うと、どうやら写真を売り歩いているらしい。しばらくして、また同じような写真売りが近づいてきた。今度は何も言わずに見せろと合図すると、男はいかにも秘密めかして内ポケットから一枚の写真を取り出した。

覗《のぞ》き込んで、私はびっくりした。それが過激なエロ写真だったからではなく、ただの魚の写真だったからだ。いや、よく見ると、上半身は魚だが、下半身は人間の足のように見えないこともない。要するに、人魚ならぬ魚人というわけだ。しかし、ネス湖のネッシーの写真と同じく画像が極めてぼんやりしている。下半身の某所が薄黒くなっているところをみると、これも一種のエロ写真なのかもしれないが、どうしてこんなものを金を出して買わなくてはいけないのかさっぱりわからない。私が首を振ると、男は別のポケットから折りたたんだ新聞を取り出した。見ると、その紙面には、彼が売ろうとしている写真とまったく同じ魚人の写真が載っていた。新聞に出たくらいだから間違いないと言いたいのだろうが、それならなにもコピーの写真など買う必要はない。値段は一ドル五十セントだという。私はもう一度首を振った。すると、男は意外にあっさりと諦《あきら》め、他の通行人の方へ歩み去っていった。ところが、意外なことに、このわけのわからぬ写真を土地の人は不思議なほどよく買っていた。

それはどうしてなのだろう。私が高校生に訊ねると、ひとりが自信なげに答えた。多分それはアラビア海で見つかったマーメイドだろう、しかしその写真がなぜ売られているのかはよくわからない……。

彼らと共に、ああでもないこうでもないと理由を考えている時、私は突然、それとはまったく無関係の、馬鹿《ばか》ばかしいほど単純なあることに気がついた。

〈そうだ、シンガポールは香港ではなかったのだ……〉

気がついたあることとは、言葉にすればそのような陳腐な表現にならざるをえないものだった。

シンガポールは香港とは違う。私はそれに気づいたことで初めて、なぜシンガポールが自分にとってかくも退屈でつまらないのかの原因がわかったように思えた。

私はこのシンガポールに香港のコピーを求めていたらしいのだ。香港があまりにもすばらしく、一日として心が震えない日はなかったほど興奮しつづけていたため、その熱狂の日々をもう一度味わいたいものと思いこんでしまった。しかし、私がシンガポールにもうひとつの香港を求めていたとすれば、たとえそれがどれほど魅力的な街であったとしても本物以上のものを見出《みいだ》せるはずがなかった。シンガポールばかりではない。タイやマレーシアのどんな街にいても、無意識のうちに香港を探し求めていた。そして、違う、違うと思っていたのだ。これらの国が中国の文化に深く影響されていたということも、街には華僑《かきょう》が多かったということも、私にそのような錯誤をもたらす大きな原因ではあったろう。しかし、当然のことながら、シンガポールはシンガポールであって香港ではなく、東南アジアの他のどんな街にしても香港ではありえないのだ。本来まったく異なる性格を持っているはずの街で、愚かにも香港の幻影ばかり追い求めていた。香港とは別の楽しみ方が発見できていさえすれば、バンコクも、クアラルンプールも、このシンガポールも、もっともっと刺激的な日々を過ごすことができたのかもしれない。だが、すべてはもう手遅れだ。人生と同じように、旅もまた二度と同じことをやり直すわけにはいかないのだから……。

そんなことを考えていたのも、ほんの瞬間的なことだったと思う。しかし、輪になっている高校生のひとりが熱心に話し掛ける声がなかなか聞こえなかったところからすると、自身の内部の相当深いところに入り込んでいたものとみえる。横に坐《すわ》っている少女に膝《ひざ》を突つかれ我に返った。

「えっ？　ごめん、もういちど言ってくれないかな」

私がこちらに顔を向けている少年に訊《き》き返すと、彼は少し顔を赤らめながら言い直してくれた。

「シンガポールの次は、どこに行くんですか」

そうだなあ……まだ決めていないんだけど……と言いかけて、唐突に、思ってもいなかった土地の名が口を衝《つ》いて出てきてしまった。

「カルカッタ、かな」

マレー半島を縦断したら、次はデリーと思っていたので、その答は自分でも意外だった。カルカッタ。

どのようなところかよくは知らないが、書物や映像ではどことなく恐ろしげなところのある街として描かれている。だが、それも存外悪くないかもしれない。香港の呪《じゅ》縛《ばく》から逃れるためにも、中国の文化圏に属さない、明らかに異なるもう一つの文化を持つ国の、しかも、良くも悪くも強烈な臭《にお》いのある街へ急ぐべきなのかもしれなかったからだ。

海の向こうのカルカッタには、香港とはまったく違った種類の臭いがたちこめていそうな気がする。カルカッタ、そうだ、悪くない……。

［対談］死に場所を見つける

高倉　健
沢木耕太郎

本章は、「平凡パンチ」一九八四年一月二・九日号に掲載されたものを再録しました。

自分らしくいられる場所

沢木　いつだったか女性誌のインタヴューを読んでいたら、世界でいちばん好きな土地はどこですかという質問に、高倉さんがハワイと答えていらしたんですね。僕には、それがとても印象的で、ドスを片手に敵地に乗り込む健さんとハワイは似つかわしくないように思えるが（笑）、だからこそ本心なのだろう、というような話をマクラにしてある文章を書いたことがあるんです。

高倉　僕は、沢木さんのその文章、読みました。

沢木　世の中にまったく同じ意見の人がいて嬉《うれ》しくなったことと、ただし俺《おれ》だったら香港を付け加えるなと思ったんですけど、高倉さんがハワイが好きだという理由はどういうものなんですか。

高倉　人が温かいですね。

沢木　ハワイだと、僕らの場合だったら、短パンに、シャツ一枚に、食べる物も、その辺で果物を買って過ごして、物を持たないで暮らせるというのがいいと思うんですね。高倉さんの場合だったら、人が温かいという以外だったら、何が……。

高倉　もう一つは、仕事が、東映時代に、十何年、ものすごく本数をやっていたものですから。多いときは一年に十五本ぐらいやっていましたし、七本、八本というのがざらだったですからね。だから、へとへとになって休みをもらって、解放感がたまらなかったんでしょうね。二、三日の休みで、行くところというと、西海岸まで行くのは遠いし、どうしてもハワイへ行って、あそこでひねもすグーグー寝てばっかり……。

沢木　海岸で？

高倉　はい。

沢木　でも、そういう状況からは、いまはもう遠ざかりましたね。

高倉　そうです。最近はあまり足が向かなくなりましたね。

沢木　いまだと、向かうところは西海岸になるんですか。

高倉　ええ、最近は西海岸が多いですね。

沢木　同じアメリカでも、ニューヨークとなると居心地があまりよくないんですか。

高倉　その時のコンディション次第ですね。精神的に疲れていると、とてもつらくていやですし、体育館でみんなと競ってトレーニングしているときのような、ピリッとした気持のときは心地いいですし。ほんとにへたっている時は体育館に行く気がしないんです。僕は、実際、『南極物語』をやっていた一年七か月と、終わってからいままでの間、まだ体育館に行けないんですね。なんとなくいままで一緒にやっていた人たちよりも肉体的に落ちているから、同じプログラムを全然消化できないし、そういうのがなにかイヤで、ある程度シェイプアップしてからでないと行く気がしない。ニューヨークも、そんな場所のような気がするんです。ハワイはこちらがいくらボロボロでも、ボロボロで辿《たど》り着きたいという気がするんですね。あそこへボロボロになって行って、どんなでもいいから体を横たえて……昔はそうだったんです。いまは日本人が多すぎて、江ノ島みたいで。このあいだも、『南極物語』の撮影の帰りにシドニー経由のパンナムで帰ってきたので、途中ハワイへ寄るつもりで空港で降りたんですけど、すでにその空港で日本人が余りにも多くいたもんですから、そのまま外に出ないでロスまで飛んでしまいました。

沢木　いま、僕と高倉さんはたまたま北海道にいるんですけど、いまこの瞬間に、ここから自由にどこへでも行かせてくれるといったら、いちばん行きたい土地はどこですか。

高倉　ポルトガルですね。この前行って、とても素敵だったんですね。あんなに気持が和む外国ってあるんだろうか。行ったあとにそう思いました。

沢木　ポルトガルはリスボンからどこかへ回られたんですか。

高倉　リスボンから近くのカスカイスとか、名もない田舎の小さな駅を撮りに行ったんです。シンプルライフのコマーシャルのためで、観光が目的じゃなかったもので、スタッフが選んでくれた田舎がほとんどでした。自分が特に行きたいと思って行ったのはサンタクルスという漁村です。亡《な》くなられた檀《だん》一雄さんがそこへいらしたエッセーみたいのを読んだことがあって、ここからどのくらい回り道をすれば寄れるのかと訊《き》いたら、車だと一時間半もあれば行かれると言われたんですね。ああいう方が日本を捨ててもそこへ住みたいと思われたところはどんなところなのか、とっても興味があったもんで回り道をして行ってきたんです。そうしたら、エッセーに出てくる洗濯《せんたく》のおばさんがいましてね。家主のおばちゃんもいて、取材か何かで来たと勘ちがいしたらしいんですね。しかし自分でも何しに来たのかわからなくて、ほんとに不思議な気持になりました。

沢木　僕も、何年か前に長い旅行をした時の終点がポルトガルだったもんですから、とても印象が強いんです。ポルトガルの南の方の端にサグレスという岬《みさき》があって、夜そこへ辿り着いたんですね。しかも冬だったもんで、なかなか宿が見つからなくて困っていたら、小さなペンションの母と息子が安い金で泊めてくれましてね。寝て食べられたらそれで充分と思っていたんですけど、朝起きて、ブラインドを開けたら、眼《め》の前が大西洋だったんです。それまで一年くらい、大部屋とか屋根裏とかいうようなところしか泊まれなくて、窓を開けたら海があるようなのは初めてだったもんですから、心が震えました。それで、もうこれでいいかなと思うようになって……それまではいつ旅を切り上げようか悩んでいたんですけど、このユーラシア大陸のいちばん端っこで、こんなきれいな朝が迎えられたんだから、もうやめてもいいだろうって。だから、サグレスという名と共に、ポルトガルという国は、僕にとっても大事な国なんです。

高倉　それまで僕はスペインが好きだったんです。ポルトガルには行ったことがなくて、行ってみて、もしいま、どこにでも自由にと言われたら、やはりポルトガルへ行きたいと答えたいですね。

沢木　高倉さんは、闘牛はお嫌《きら》いですか。

高倉　大好きなんですよ。スペインへ行くと、何しに行ったかわからないほど、闘牛、闘牛って、闘牛のスケジュールを調べてもらって見に行くんです。ポルトガルでも見ました。

沢木　ポルトガルの闘牛は見たことがないのですが、殺さないんですか、牛を。

高倉　殺さないんですね。スペイン人の激しい血と、ポルトガル人のやさしさがすごくあらわれているみたいで……。

沢木　対照的ですね。僕もゾクッとするほど大好きなんですが、高倉さんは闘牛のどこに魅かれますか。

高倉　命がかかっている、ということなんでしょうね。

沢木　牛にあの鋭い角がなくて、ひっかけられても誰も死なないということになれば、あれほどの魅力はないかもしれませんね。

高倉　そうですね。感動を呼ぶのが何なのか、よくはわからないんですけど、本当に自分が傷を負ったり、命を落としたりすることをみんなに見せながらお金を稼《かせ》いでいるという、きっとそんなところに魅かれるんでしょうね。

沢木　ひとことで言えば見世物ですよね。しかし、死と隣合せで、美しい技術を見せる。ああいう職業というのは他にもあるんでしょうか。

高倉　レーサーが事故で死んだりしますね。あれとまたちょっとちがうような気がするんですね。

沢木　F1グランプリのレースなんかを現代の闘牛というふうに形容する人がいます

けど、死との隣合せ方がちがうような気がします。

高倉　ちがいますね。

沢木　僕が最初に見た時の闘牛士というのが恐ろしいほど下手でしてね。牛にはねとばされて、非難の声のなかを助け出されたりしたんですけど、もうそのお粗末な闘牛から僕は魅入られましたね。この闘牛士はいつかうまくなるんだろうか、それともこのままで終わってしまうのか。このままで、もし延々と闘牛士を続けなければいけないとしたら、これはつらいなあと思って……。

高倉さんは、役者として、最初の頃《ころ》は不器用でしたか。別にいまの闘牛士の話とは関係ないんですけど（笑）。

高倉　いまでも不器用だと思いますけど、僕ほど不器用なヤツって少ないんじゃないですかね。

沢木　最初から、自分は不器用だと思い込んでいらしたんですか。

高倉　意外と自分は器用だと思ってたんです（笑）。東映の場合、新人は俳優座へ委託で預けられるんですね。一年の養成期間がありまして、六か月が俳優座で、あとの六か月が撮影所の京都と東京に分けられるんです。僕は俳優座に二か月通ったんですが、その二か月間でいかに自分が他の人と比べて不器用なのかというのを、本当に思い知らされましたね。バレエをやってもできない。日本舞踊をやってもできない……。僕と今井健二君のふたりがみんなより一か月ぐらい遅れて入ったんですけど、そのふたりがやるとみんな笑って授業にならないんです。僕らは一生懸命やっているんですけど……。

沢木　それがよけいおかしいわけですね（笑）。

高倉　おかしいんですね。授業にならないから見学していてください、あなたたちがやるといつまでたっても授業が進まないからと、それは非常に自信を失いましたね。

沢木　自信を失って、役者をやめようなんていう気にはなりませんでしたか。

高倉　飯が食えなくなっちゃいますからね。向かないから、あなたはやめたほうがいいと言われましたけど、いえ、僕はやめるわけにいかないんですよって、そんな具合でした。ただ、二か月くらいで僕に役が来ちゃったんですよ。『電光空手打ち』という映画がね。それで卒業公演も何もやらないまま、ずっと撮影所での仕事が続くことになって、いままで来てしまったわけです。

沢木　映画俳優になったのはとにかくお金が必要だったからとうかがっていますが、でも、それだけでは持続しませんよね。

高倉　そうですねえ……。

沢木　何かもう少しちがう要素があって俳優でありつづけたとすると、何が高倉さんを持続させたんでしょう。

高倉　すごく恥ずかしいのですが、この三、四年ですか、自分が追いかけてきたのは何なのかなと、まったく見当がつかなくなっちゃったんですね。自分が心から望んでいたものとちがってしまったんじゃないかなという気がするんです。お金も、日本でいちばん高いギャラがとれる俳優に、とにかくなりたいなと、非常に単純な、志の低い俳優で二十何年きましたけど、なんとなくその上位の方にいまきちゃっているというのがわかったら、それじゃないんですね。では賞かというと、賞も運がよくて、この何年間でいくつかいただきましたけど、それでもない。何を追いかけてきたんだろう……わかんないんですね。

こだわることと壊すこと

沢木　たとえば、高倉さんのどこかに、いつ俳優をやめてもいいと思ってらっしゃるようなところはありませんか。

高倉　そうですね。何度もやめようとしましたが、これだけやってきたんだから、別のことをやろうとすると、最初から全部やり直しなきゃならないから大変だぞと、自分で自分に言いきかせながらやってきました。いまでもそうですし、いつどういう形でやめるかというのがいちばん大事じゃないかなと思っていますね。

沢木 僕は自分の仕事が天職だなんて、どうしても思えないんですね。その辺は隣の芝生はよく見えるということでしかないのかもしれませんけど、そうではなくて、いま自分がやっている仕事とまったくちがうことができたんじゃないか、あるいはするべきだったのではないかということをいつも感じていて、でもとりあえずこの仕事だけはきちんとやっておこうと思っているうちに、十年以上も書くという仕事をしてきてしまったんです。高倉さんにも、どこか別のところに自分がすべき仕事があるのではないか、というような感じがあるんじゃないでしょうか。

高倉 すべきというか、自分に向いているというか……僕は志がとっても低いんですよね。自分が幸せになるためには、手っ取り早く金があればすむなんて、そんな程度のことを考えていたわけですから。いまもこの仕事じゃなくて、ほかの仕事で、もっと人間的に幸せになれる仕事があるんじゃないかというふうに、どこかで思っているんでしょうね。僕の場合は、まったくの他人の芝生ですね。

沢木 もう少し快適な空間とか、仕事とかがあるかもしれないと思われるわけですか。

高倉　どこかで思ってるんでしょうね。

沢木　高倉さんにとって、最も快適な状態というのは、どのようなものなんですか。いまたまたまお金のことがでましたが、もちろんお金も必要でしょうし、あったほうが快適だと思いますが、高倉さんにとって最も快適な状態というのはどんなものなんでしょう。

高倉　いまは……人並ということでしょうかね。人並であるということが自分がいちばん気が楽なんじゃないですかね。

沢木　しかし、かなり人並であることが、ありにくい状況ではありますね。

高倉　ありにくいですね。

沢木　そうすると、あまり快適ではない。

高倉　ぜんぜん快適じゃないですね。だから、沢木さんとお話をしている、こういう瞬間を束の間《つかま》たのしんでいるにすぎないんです。それに、毎年、毎年、やる本数が少なくなってくると、一本、一本、へたばるわけにいかないですから、なにがなんでもこの一本当てなければならないという……だんだん苦しくなるんですね。たくさんやっていた東映の頃は、そういうふうに一年に一本とか、三年かかって一本とかと、外国の俳優さんがやっているような仕事をやりたいというのが……。

沢木　それが夢だったわけですよね。
高倉　夢だったんです。
沢木　しかし、いざそうなると……。
高倉　ちがうんですね。一年に十五本もやっている頃は、一本や二本いい加減なのができたってあとのやつで取り返せばとそういうところがありましたけど。
沢木　いまだったら、その一本を必ず当てなくてはならないわけですよね。僕らみたいに売れる売れないということをあまり考えなくてもいいような、つまりマスではないものを相手にしているような仕事をしていると、逆にこれだけ売らなければならないとか、人を入れなければならないとかいうのは、ゲームとして素晴らしく面白いように思えるんですが、やっているご当人にしてみれば相当しんどいんでしょうね。
高倉　しんどいですね。俳優は、昔はそういうことを心配しなくてよかったというように聞いていますが、テキヤで、露店でその日の売上げを計算しているみたいで、悲しいですね。
沢木　………。
高倉　あの、僕が質問してもいいんでしょうか。
沢木　もちろんです(笑)。

高倉　沢木さんにとても聞きたいことがあったんで、夕食の時間に聞こうかなと思っていたんですが、沢木さんに、どうしてこういう仕事を始められたのかなというのを、いつかお聞きしたいなと思っていたんですね。この前も円谷《つぶらや》選手のお話とか、幾つかお書きになったものを読ましていただいて、どうしてこういうふうにこだわる職業を始められたのかなという、いつかお目にかかったときにおうかがいしたいなと思ってたんです。

沢木　恥ずかしいのですが、本当に成り行きなんです。僕はいろいろな思いがあって、サラリーマンになるんだと決めていたのですが、どうしても、勤めるわけにはいかないような事情ができてしまって、大学を卒業して、どうしようかと思って数か月フラフラしていたら、大学の先生が食うに困っているんだろうということで職を紹介してくれたんです。その職というのは、おまえ、何か書いてみないかという話だったんです。大学の教師は、僕は経済学部に席を置いていたものですから、社会科学関係の論文のようなものを書ければ、ちょっとでも小遣いかせぎができるんじゃないかなと思って、雑誌社に紹介してくれたらしいのですが、そのとき、僕はそういうのがいやだったんですね。もし書くことができるんだったら、何か書いてみようとは思ったのですが、ある雑誌社の編集長が会ってくれたときに、あなたはどんなものが書けるんですかと言われて、そのとき、とっさにルポルタージュというものなら書けそうな気がすると答えてしまったら、それですぐ仕事が始まってしまったんです。二十二歳のときです。

そのときにしばらく書いていたルポルタージュというのは、その当時、みんながやっているのと同じようなものだったんですね。それがだんだんいやになっていって、自分の気持に一番かかわりのあることだけをやっていこうと、この何年かなってきたわけです。そうすると、どんどん書くものが減ってきちゃったんです。ここ三年、ひとつのものをやっと書いただけで、それ以後、二年ぐらい仕事ができないし、そういう自分にとって大事なものだけをやっていこうというこだわり方は、仕事をできにくく、しにくくしてしまいましたね。ある一定のスタイルで書いていくと、それは幾つでも繰り返せるんです。興味の対象を移していけば百個でも千個でも書けるんです。でも、それをなぞるのがちょっと辛《つら》いという気がするんですね。自分の形みたいなものがあって、その形をなぞるのは辛すぎる。だからその形を壊して一個ずつ前に行けたら行きたいんですよね。

高倉 かっこいいと思いますね。

沢木 なかなか壊れないんですよ。だから、なかなか前に進めないんです。しかし今年から来年にかけて一個ぐらい仕事をしようと思っていますけど……。

狭くなる心をもう一度開かせたい

高倉　ラスベガスからお手紙をいただいて、そのときから、人間って不思議だなと思うのですが、自分が積極的にお目にかかりたい、お話を聞きたい、自分のいろいろなことを話したいとか、そういう人がありますよね。まったく話したくない人、顔も見たくないと。僕はまたそれがすごく激しいですから。職業で食うためにどうしても会わなきゃならない。一緒に仕事をしなきゃならないということもたくさんありますけど、インタヴューとか、取材とか、対談なんていうのは僕の本業とは何らかかわり合いがありませんから、そういうところではすごくわがままを言うのですが、事務所にも言っていたんですね。沢木さんだったら、どんなことでもするから、いつでもあけるから。そういう方があるんですね。僕は全然お目にかかってないのに、手紙を読んだときに、この人にお目にかかりたいとか、この人が書いたものを読みたいとか……。

沢木　その話、なぜ、手紙を出したかということをここで喋《しゃべ》ってもいいですか。

高倉　はい、もちろんです。

沢木　長くなるので簡単に言いますと、僕はモハメド・アリとラリー・ホームズという人の試合をどうしても見たかったのですが、思ったときが遅かったものですから、チケットが全然手に入らなくて、僕のロサンゼルスに住んでいる知合いに電話をして頼んでみたのですが、だめだということで、その僕の知人が高倉さんの知人でもあって、高倉さんのために用意してあったチケットを、もしかしたら僕に回してもらえるかもしれないと彼が判断して、高倉さんにお願いしてくれたんですね。そうしたら、自分が見るよりはといって、そのチケットを譲ってくださったわけです。ラリー・ホームズとモハメド・アリの試合は辛い試合で、モハメド・アリが引退してもう一回カムバックしようという試合だから、あまりにも辛すぎる試合なんだけど、アリの試合だけは見ておこうと思ったので見に行ったんです。その一部始終を見終わったあとで、深夜、ホテルに帰って考えたんですね。この試合については何か雑誌に書くのではなくて、チケットをくださった方に書こうと。そこで、ちょっと長目の手紙というより、レポートのようなものですが、書いて送ったところ、それを高倉さんが読んでくださって、おもしろかったですという返事をもらって、それは僕もうれしかったです。

高倉　おもしろいんじゃなくて、感動したんですよね。あの手紙、いまでも大事にとってあります。ここ数年、人にある興味を持つとか、好意を持つとかいうのは……何十年生きているかわからないですが、何人の人にそういうふうに思うんだろうと考えるようになりましたね。

沢木　僕の場合は、心がどんどん狭くなっているみたいで、どんどんそれが少なくなってるような気がしているんですね。それは逆に言うと、もう一回奮い立たせたいという気持もあるんです。それを、あまり無理しないで、自然に年をとってくれば、好奇心とか、そういう思いが少なくなってくるのは当然だと思い切ってもいいんだけど、何かその辺は心をもう一回開かせたいと思っているんです。

この間、武田鉄矢さんとお会いしたときに、大学時代というか、大げさに言うと青春時代はわりと退屈だったとふたりで話したんです。彼のかつてやっていた番組に、若い人たちが手紙を寄せてきて、退屈で退屈でしょうがないとか、おもしろくないとか、つまらないことばっかりだ、という手紙がいっぱい来る。だけど、自分たちの時代はどうだっただろうかと考えてみると、武田さんも、僕も、退屈で退屈でしょうがなかった。けれど、退屈をどうしてそんなに恐れるのかなという話になったんですよ。退屈だということは全然いいことで、それは悪いことじゃないんじゃないだろうかという話をふたりで延々やっていたことがあるんです。

高倉さんの大学時代、あるいはもうちょっと前でもいいのですが、退屈はしませんでしたか。

高倉　やっぱり退屈なんですかね。もて余していましたね。

沢木　もて余してどうしていましたか。

高倉　あんまりお話しできないような学生生活でしたから。

沢木　かなり荒っぽい……。

高倉　荒っぽかったですね。すれすれのところを歩いていましたね、いま考えたら。だから、人の運なんていうのは、どこでどういうふうになるか……。

沢木　そのすれすれみたいなところで、こっちに行くか、あっちに行くかというときに、あっちもこっちも行かないで、いまの線を歩いてきたのは何かがあったからでしょうか。それとも、ただ運だけでしょうか。

高倉　僕の場合は母親というのがとっても強いですね。鉄矢みたいですけど（笑）。あんまり世間体の悪い生きざまだと母親が悲しむという、父親のことはそんなに思いませんし、兄弟のこともそれほど強く思わないのですが、一番強い、何かのときにブレーキになっているのは、やっぱり母親ですね。

沢木　もし、お母さんという存在がなければ、あっちかこっちかのときに、あっちに行っちゃったとかいうことは大いにありえますか。

高倉　何度かそういうことがあったですね。あの瞬間をまちがったら、まるで違う人生を歩いているなということは、いま考えてみるとありますね。

沢木　いまの話は大学時代のことなんですけど、それからずっと、いまに至るまで……。

高倉　俳優になってからもありますね。負けたくないという。その負けたくないというのは何なのかな。最初のうちは、一番高いギャラをとる俳優が一番なんだと。

沢木　それは役者になったときにそう思われたんですか。それとも途中からですか。

高倉　途中からですね。

沢木　最初は、主役をとりたいとか、そういうことですか。

高倉　いえ、入ったときは、主役でも端役《はやく》でも何でもいいから、好きな女と暮らせるだけの金が入ればいいという、非常に単純な動機だったんですけどね。やっているうちに、恋はまるで違うほうへ、ずたずたに破れて飛んでいって……。

沢木　役者という生活だけが残って。

高倉　ええ。そして、何年かあがいて、結婚もしてみたんですが、結婚もどこかへ飛んでっちゃって、結局、何が残ったのかなというのがこの何年かですね。

沢木　それは何かの折に、物というのは消えてしまう、関係もある意味では消えてしまう、残るものは何なんだろうという感じのことを喋っていらっしゃったような気がするんだけど、たとえば、物のことですが、高倉さんは、物に対してあるこだわりはありますか。たとえばいい物を好きだ、いいと思うこだわり方と、それを持ちたい、あるいは身の回りに集めたいというこだわり方と二通りあると思うんですね。最初のほうのこだわり方は明らかにありますね。

高倉　そうですね。

沢木　物を集めたいと思われた時期はありますか。

高倉　ありますね。集めたいと思っていたんでしょうね。いまでもどこかで思っているんですけど、実際にはそういう方向に向いてないんですね。というのは、仕事の取り方が全然違っていますから。僕の場合は、一日幾ら、時間で幾らの仕事ではないですから。一本幾らなのに、一本やるのが二年も三年もかかったのでは、まるで間尺に合わないんですけどね。間尺に合う仕事の仕方というのは、もう二十何年もやっていれば、まがりなりにもわかりますし、南極や北極の果てまで行って、もしかすると死んじゃったかもわからないような仕事の仕方をするんだったら、ちょっとコマーシャルひとつやれば、ものの一週間もしないでそのくらいの金はかせげるということもわかりますし、コマーシャルの仕事の依頼は結構あるんですけど、それをようやらないんですね。自分はどうしようかということがわかってないんじゃないかなと思うんです。

沢木 ぞんざいな言い方になってしまうけど、それは素敵ですね。

高倉 素敵なんでしょうか。

沢木 物ってふえますよね。もちろん火事とかそういうことがあって、一瞬にして消えてしまうでしょうけど、そういうことがない限り、人の関係とか、物とかがふえていくに従って、不自由になっていきますよね。僕は、そういうふうに物をふやして、関係をふやして、そして不自由になって、安定した感じで生きていくようにはなりたくないと思うんですよね。どうしてもそれはちょっと……。

ただ、それでも避けられない、余儀ない物のふえ方、関係というのは幾らかは引き受けていかなくてはならなくて、その兼合いなんか、本当にむずかしいですね。

高倉 むずかしいですね。ある時期、僕、とっても苦しくなって、比叡山《ひえいざん》に入ったことがあるんですね。それは仏門に入ったということではないんですけど、たまたまそういうコネクションがあったものですから、何日間かお寺さんへ住み込んでいったら、そこの御前様と呼んでいる住職の方が、「おまえ、毎日、毎日何しにきているんだ。この寺を掃除して、滝を受けたりして、おまえ、俳優らしいな」と。そんな人なんですね。まだ八十四歳でお元気ですけど。最初のうちは全然口もきいてくれなかったんですけど、二十日目ぐらいからちょっと声をかけてくれるようになって、「何か苦しいことがあるのか」という質問だったんです。「自分でよくわからないのですが、何となくここにいると、電話もかかってこないし、どこかほっとするものですから。目障りなところでちょろちょろして済みません」と答えたら、「物でも人でもこだわるな。おまえの悩みが何なのかわからないが、そういうこだわりを捨てると、人間というのは、急に心が楽になる。自分は四十の年に頭を丸めて、ずいぶん遅い出家だったが、いまでも、まだここから大津の灯《ひ》を見ると気持が誘われる。あそこには信徒がたくさんいて、自分は酒が好きだから、下へ降りるとお酒を飲ましてくれる。ここは刑務所と違って檻《おり》があるわけではないから、自分で自分の心の中に作るだけで、刑務所よりずっと辛いんだ。見ろ、ちらちら灯が誘っている。それを行かないで、ここにいるというのは、すごく辛いんだ」とおっしゃるんです。

沢木　こだわりみたいなのは、まだ捨て切れないんですね。

高倉　この前、お目にかかったら「生きている限り、煩悩《ぼんのう》の灯というのは絶えない」とおっしゃったですね。

沢木　物とか何かから逃れたいという思いがとても強くて、物を持たないということは、僕の場合は金をかせがない、かせがなくても済むという状態をどうやってつくっていくか。それが僕なんかの場合だったら、仕事を選ぶということにつながったわけですね。それをもし、物というものにこだわり始めれば、お金というものにこだわらざるを得ないし、お金にこだわると、やがて仕事の選択の自由が失われるという循環だったんです。

それはいまでもそのやり方で通してきて、人から比べれば、本当に物なんて少ないし、何もないんだけど、何もないことがとても自由で、とてもよかったんですね。でも、それはさっきから話していることと本当に似てきちゃうんですが、それは逆に物にこだわっていることになるんじゃないかと思いはじめてね。だから、いつでも行きつくところは、どうしてもっと自由自在に、欲しいものは欲しいと言い、欲しくないものは欲しくないと言い、それにとらわれずに、自由に生きていかれないんだろうかと思ってしまうんです。

高倉　僕もそうですね。とってもかたくななところがあるんですね。だから、自分の心に本当に正直に生きたいなと思うのですが、かわいいなと思えばかわいいなと言いたいし、いつも自分の心をねじ曲げて、うそついて生きてきたような気がして、だから、何十本仕事をしても、幾つになっても、自分が幸せだなと思えないんじゃないかと、いま思いはじめているんですけどね。

強烈な体験のなかで見えたもの

沢木 東映を出てから、いろいろな監督さんと仕事をなさいましたよね。それぞれに印象が強い方たちでしたか。

高倉 ここ何年間か一緒に組んでやってきた方というのは、自分から進んで仕事を始めた方ですからね、どなたも必死なんですね。ある時期の東映のように会社が決めたほとんどオートマチックな組合せでやっているのとは、やはりだいぶちがいました。

沢木 しかしどうなんでしょうか。あのオートマチックに組み合わされて一年に十何本という凄《すさ》まじい撮られ方をして、走り回って、切りまくってというような状況をいま振り返ると、よくないですか、あの時期のご自分は。

高倉 いえ、すごく一生懸命やっていたなと思いますね。

沢木 いま見ると、ちょっとよかったなと思いませんか。

高倉 一生懸命やってたなと思いますね。だから、一生懸命やっていたのにどうしてあの当時の作品が……と思うんですね。不公平だなと思いますね。三年かかってやった『八甲田山』や、一年四季を追いながら撮った『幸福の黄色いハンカチ』や、一年かかって撮った『駅』や、そういうものだけに陽《ひ》が当たるわけです。あのころ撮っていた写真は本当にもうどうかすると十八日ぐらいで一本撮ったりしていましたけど、仕事をしている気持みたいなものは、あの頃《ころ》のほうが、ずっと純粋だったんじゃないかなという気がします。

沢木　映画に出るようになって、これまで本数でいうと、二百……。

高倉　二百までいってないんです。超したと思ってましたら、二百本ちょっと前です。百九十何本だと思いました。

沢木　百九十何本かの間で、自分が最もきらきらしていたというか、昂揚《こうよう》していたというのはどんな時でしたか。

高倉　『南極物語』の時なんかは、意外とそうかもしれませんね。死ぬかもわからないなんて思って行ってましたからね。普通の撮影で死ぬということはあまりないですけど、これはもしかしたら危ないかなと思ったり、実際に、ああこうやって人間というのは死ぬのかって、丸二日間も寝袋の中で考えつづけたり……そんな撮影に参加したことないですからね。だから自分の気持が高ぶっていたというと、あれがいちばん激しいのかもしれませんね、激しいということでは。

沢木　よほど強烈な体験だったんですね。

高倉　ええ、強烈だったですね。何かが見えたという感じでした。寝袋から救出されて、雪上車に乗っかって、立ったままブリザードが静まるのを見ている時、やっぱり何かが見えたという感じがしましたね。

沢木　その何かというのはどんなものなんでしょう。これからの仕事につながる何かですか。

高倉　生き方にはつながるかもしれませんね。本当に人の命には限りがある……そう言うと大ゲサですけど、眼《め》の前で時が流れていくのを見たような気がしました。

沢木　その『南極物語』に続いて『居酒屋兆治』ですね。これはどんな映画なんですか。

高倉　ここ数年、暗いものというか、つらいものが多すぎましたから、明るい、見た人があういうのにあやかりたいというような作品をやりたいやりたいと思い続けていて、それでもやっぱりちょっと暗いんですね。切ないというのか、はかないというのか。人生ってそういうものだろうという、そんな話にはなってると思いますけど。

沢木　何の記事だったか忘れてしまったんですけど、以前、高倉さんがこういう感じの作品が好きだということを喋《しゃべ》っていらっしゃって、確かタイロン・パワー主演の……。

高倉　『長い灰色の線』というジョン・フォードの作品です。ジョン・フォードが僕はとても好きでしたし、タイロン・パワーにとっても恐らく最高の作品じゃないかと僕は勝手に決めているんですけど、スコットランドからアメリカに移住してきたふたりの気性の激しい男と女が、ウェストポイントの陸軍士官学校に就職するんです。士官学校の生徒たちの面倒を見たり、掃除をしたりする下積みの従業員としてなんですが、その男女が夫婦になり、奥さんが亡《な》くなって、やがて男が定年になって学校をやめるまでの話なんです。最後に灰色のユニフォームを着た士官学校の生徒たちが長い灰色の線になって彼を送り出すんですね。

沢木　それで、『長い灰色の線』。面白そうですね。

高倉　僕も非常に感動して何回も見たのを覚えてるんです。

沢木　本当に映画はいろいろで、ときどき映画の批評とかベストテン選びとかの記事を読むと、わざと面白いのを除外しているようでしんどくなるんですけど、僕が子供の時代に見て最も面白かった洋画といえば、やはり『ローマの休日』なんですね。あれを見て、あっそうだ、俺《おれ》も勉強しなけりゃ、と関係ないことを思いましてね（笑）。高倉さんは、昔から映画をよく見てましたか。

高倉　僕も沢木さんと同じように、北九州の小さな炭鉱町の、三つある映画館は父の顔でフリーパスだったんで、よく見ました。映画俳優に自分がなるなんていうのは思ってもなかったですけど、ちょうど英語会話なんてのがブームになっていましてね、対訳テキストなんていうのがあった。『哀愁』ですか、ロバート・テーラーとビビアン・リーの『ウォータールー・ブリッジ』という、その訳本なんかを買って覚えました。もちろん英語の勉強のためだけじゃなく、映画のすばらしさと両方だったですけど、英語の台詞《せりふ》をみんな覚えてましたね、この次はこう言うはずだなんて……。

沢木　それも何回も見直したわけですね。

高倉　ええ、十何回か見ていますね。アメリカ人というのは、愛し合っている男と女が久し振りに会うとこんなふうに言うんだな、「あなたはいま幸せか」なんて。九州ですからわりとそういうことを言わない風土がありますから、友達を連れて行って、女に久し振りに会うと男が「あなたは幸せか」って言うんだよ、それで「完全にか」って訊《き》き直すんだよ、いまほら見てみろ、そう言ってんだよって、友達にね。

沢木　それは自分の台詞とはなりませんでしたか。

高倉　なりません（笑）。

沢木　そういう話を聞くにつけ高倉さんには映画に対する独特な思いがあるように感

じられるんですけど、その思いがこれまで必ずしも実際の役と結びついていなかったような気がする。来年はどういう役をやろうと思ってらっしゃるんですか。

高倉　ものすごく漠然《ばくぜん》としているんですけど、仰々しくなく、あまり寒い風の吹かない、生きてるっていいなって話をやりたいと、それればかりなんですね。

沢木　そういう映画をぜひ見たいですね。

高倉　たとえば、さっきおっしゃっていた『ローマの休日』とか、僕はあの頃の写真が大好きなんです。『昼下がりの情事』だとか、ああ生きてるっていいなあという……。

沢木　見て、ちょっと元気が出そうな。

高倉　そう。元気の出るものをやりたいと思うんですけどね。

沢木　いま、オードリー・ヘップバーンの作品が例に挙がってきましたけど、ヘップバーンのように個性的な俳優さんは、年をとると逆にその個性によって役づくりが難しくなっていくというところがありますね。高倉さんはどうなんでしょう。自分の演じている役柄《やくがら》と、自分というものがピタッとはまっていて、そしてそれが無理なくて、これからもそういう感じで次の作品を撮っていけばそれでいいという状況にいるのか、あるいは自分の年齢とか、自分の感性とかが、いまやっている役柄と少し離れはじめていてやりにくい状況なのか、どうなんですか。

高倉　わりにやりやすいところにいるというか、そういう仕事をしているんだと思いますね。わかりやすい、自分がいま最も感じやすいものを選んで、いちばん感じそうだなというものに身を寄せているみたいですね。

沢木　いま、映画のストーリーに関係なく、こんな役柄をやってみたら面白いんじゃないかというようなのはありますか。

高倉　いま……すごくヤクザをやりたいんです。

沢木　ヤクザ、ですか。

高倉　ええ。いやというほどやったんですよ。百本以上やりましたから。百本やったら、たくさんだと思うでしょうが、不思議ですね、いまやりたいんですね。

沢木　わかるような気がしますよ。

高倉　それと、縁日から縁日を渡り歩くテキヤ、ですね。

沢木　どこからか来て、どこへか流れていくという姿には、本当に人の心を震わせるものがありますからね。流れていてもそれに耐えられるという強さに対して、人はある種の畏怖《いふ》の念を抱くんだと思いますね。高倉さんご自身では流れ流れていると感じているのか、それともやはり常に出ては戻っていくということなんでしょうか。

高倉　どうなんでしょうね。自分の中には、やっぱり流されているというのがあるんでしょうね。自分が意識して流れているんじゃなくて、流されているというのがあるんじゃないですかね。流されないですむところにいたいというのは、どこかにあるはずなんですけどね。

沢木　その流され流れていくプロセスというのは、時には同行する誰かがいることもあるんだろうけど、基本的にはひとりなんですか。

高倉　ひとり、ですね。だから、俳優ってつくづく孤独な、まあなんの職業でもそうかもしれませんけど、どんなに自分が好意を持っていても、どんなになんとかしてあげたいと思っても、実際に映される場合、演じる場合というのは、やっぱりその人ひとりなんですからね。この間もある高名な俳優さんが、台詞が引っかかってなかなか言えなくて、それを横っちょで調子が出てくるのを待っていたんですけど、そういう時ってつらいですね。なにか自分の未来を見ているみたいでね。だけど、それは自分がどんなにその人のことを案じても、スタッフがどんなに案じても、それは代わりにやってやるとか、代わりに喋ってやるということはできないんです。

沢木　待つより仕方がないんですね。待ってもついにダメな場合もある。

高倉　ええ。それから、その人がどんなに南極に行きたいとか北極に行きたいと言っても『八甲田山』をやりたいとか言っても、もうある年代になるとできない役ってありますね。それはどうやっても耐えられないという、平たい道だって何キロも歩けないのが、五メートルも吹きだまりのところを、毎日毎日マイナス二十度近いところを、たとえどんな装備したって、身動きひとつできないという、そういう現実がありますよね。そういう過酷なところって、俳優にはあるんじゃないですかね。セットで、夏は冷房、冬は暖房で、椅子《いす》に坐《すわ》って、ほんとにまばたきひとつ、額に微《かす》かに皺《しわ》を寄せるだけでできる芝居もあるけれど、まったくやれない、それは自分がどんなに厳しく体を規制してトレーニングしていても、ある年代になるとできない役ってあるんじゃないですかね。

沢木 そういうことは悲しいことですか。

高倉 僕はこの前は悲しいと思いましたけどね。

沢木 そういうふうに、いつか何かがひとつひとつできるようになり、できなくなるようになる。それはやはり悲しいことかな。

高倉 悲しいというのがオーバーなことなら、寂しいですね。決して陽気にはなりませんね。

沢木 それを自然なことだというふうには思われないんですね。

高倉　ええ、やはり僕がそう思っているからでしょうね。本人は南極なんか行きたくねえよって言われるかもしれないですけど、行きたいと思っても、この人はもう行けないんだろうなと思うとね。

沢木　自分の未来を見るようでとさっきおっしゃっていましたけど、高倉さんの未来はどんなふうに見えているんですか。

高倉　何も見えていませんね。僕はついこのあいだまでは、メキシコのモーテルでからからになって死んでたよ、なんていうのはかっこいいなんて思っていたこともありましたけど、いまはそういうのはいやですね。

沢木　いまは？

高倉　いまはね、そうですね、いまだったら、アクアラングで潜ったままぜんぜん出てこないというのがいいですね。なんだかカリブ海に潜りにいったまんま上がってこないよ、というのが一番いいですね。

沢木　………。

高倉　沢木さんは、こういう何かを書くというお仕事以外にやられるとしたら、一番おやりになりたいことは何ですか。

沢木　それは単純に、できるかどうかは別としてですが、何がいまでもしたいかというと、たとえば、イメージでしかないので、しゃべるのも恥ずかしいのですが、豆腐屋さんになりたいわけです。四角くてきちっとして、そういうものをつくる仕事に、どうして俺はつかなかったんだろうと思います。

高倉　豆腐屋さん……。

沢木　しっかりした形のあるものを作って、売ってお金をもらう。いまでもどこかでそういうことを空想するときがあります。それ以外の仕事につけば、それはきっと同じことだろうと思います。高倉さんは、もし役者さんじゃなければ、何をやりたかったですか。

高倉　何ですかね。大学は商学部の商科ですから、貿易商なんていうのを漠然と夢見ていたんですね。

沢木　それは外国ということにどうしても戻るんですね。

高倉　ええ、あったんですね。特に時期が終戦直後の、アメリカというと金持という、幸せとかぜいたくとかはみんな向こうにある、そんな単純な考えが成り立つ時代でしたからね。

沢木　いまでも、外国には何かがあるというイメージはありますか。

高倉　自分の住んでいるところから遠くに何かあるという気がするんですね。

沢木 たとえば日本では、東京でもどこでも、帰るべき土地としては存在していませんか。ただ仮に住んでいる感じですか。

高倉 ええ、そうですね。ずっと僕はここにいるんじゃないとはどこかで思っていますね。

沢木 それは九州でもなく？

高倉 はい。自分がここで死ぬんだというところを早く見つけたいという、そういう気持はありますね。

沢木 それはもしかしたら外国かもしれないわけですね。

高倉 僕は外国でもいいと思っています。

あの旅をめぐるエッセイⅡ

コロッケと豆腐と人魚

先日、雨の中を濡れながら家に急いでいたら、途中で小さな傘をさした女の子が肉屋に入っていくのを見かけた。店を通り過ぎると、背後から女の子の可愛い声が聞こえてくる。

「メンチカツ五枚にコロッケ五個」

忘れないうちに早く言ってしまおうという必死さが、さらにその愛らしさを増していた。

それにしても、こんなふうに子供がお使いをしているところを見るのは久し振りのことだな、と思った。実際、最近の東京では、子供のお使い姿を見かけることがほとんどなくなった。理由はいくつもあるのだろう。冷蔵庫があるので急の買い物は必要なくなったとか、子供が学習塾に行っているからとか、交通事故を恐れて親が出さないとか、そもそも親がそんなに忙しくなくなったとか。しかし、そのような理由をすべて承知した上でも、子供をお使いにやらないのはもったいなさすぎると思う。親にとってではなく、子供にとってだ。

自分の子供の頃のことを考えても、遊んでいる時にお使いに行かされるのは嬉しいことではなかったが、行った先の店でオバサンに褒められおまけをしてもらったり、ザルに山盛りになっている野菜や果物のどれを選ぶかで頭を悩ましたりすることは、必ずしもいやなことではなかった。しかも、そうした時代から何十年もたってみると、その種の記憶がかなり甘美なものになっていることに気づくのだ。学校の校庭や遊び場所の原っぱなどと並んで、お使いにやらされた商店の店先がなつかしく思い出される。

中でも、私にとって最も印象深いのは豆腐屋へのお使いだ。家の近くにあったせいもあるのだろう、五、六歳の頃からよく行かされた。朝六時か七時に起きると、豆腐を買いに行かされる。飯盒《はんごう》のようなものを持たされ、十円だか十五円だかを握り、「モメンをサイノメ、モメンをサイノメ」と口の中で呪文《じゅもん》のように唱えながら、豆腐屋へ向かう。

豆腐屋に着いて、母親に言われたことを忘れないうちに言ってしまうとホッとして、親父が水槽から木綿豆腐を掬《すく》い上げ、幅広の包丁で鮮やかに賽《さい》の目に切ってくれるのを感心して眺められるのだ。「落とさないように持っていくんだよ」という毎度の台詞《せりふ》を背に受けて、しかし、早かったわねという母親の言葉が聞きたくて、つい走ってしまう。帰ると、やっぱり「早かったわね」と驚いてくれ、それだけで嬉しくなってしまう。私が買ってきたその豆腐が朝の味噌汁の実になり、家族全員でふうふういながら食べることになる。

最近の東京では子供がお使いする姿を見なくなったが、その店先で手伝いをする子供の姿も見なくなった。ついこの間まで住んでいた家の近所の八百屋に、夜になると店番をする小学生の男の子がいて、そのけなげさに感心させられたが、それ以外には家業を手伝う子供の姿などというものは見たことがない。

これが東南アジアの国々なら、いたるところで働く子供たちの姿を見ることができるはずだ。食堂で皿を運び、屋台で物を売り、竹で籠《かご》を編んでいたりする。

何年も前のことになるが、タイのバンコクからシンガポールに向けて鈍行列車を乗り継いで旅をしたことがある。その時、列車の中で知り合ったタイのヤクザ風の男性に勧められて、ソンクラーという海沿いの町に行った。静かで、海と空しかないようなどころだったが、海辺の岩場には、どういうわけかコペンハーゲンにありそうな人魚の像が立っていた。

それをぼんやり眺めていると、ひどく旧式なカメラを手にした少年がやってきて、記念写真はどうかと勧める。彼が並の記念写真屋と違っていたのは、なかなか奇抜な合成写真を作ることだった。サンプルを見せてもらうと、美女を手のひらに載せている青年とか、象の背中に乗っている娘さんとか、虎に頬ずりしている子供とか、パターンは幾通りもあり、どれどれと指定するとその場で一枚撮って即座に合成してくれるのだという。面白そうだったが、その時の私は金がなく、一バーツでも倹約したいという状況だった。残念だがと断ると、意外にあっさり納得し、私の隣に腰を下ろした。商売はどうだいと訊《たず》ねると、まあまあというように微笑《ほほえ》んだ。

「今日は何人？」

「今週で一人」

しかし、別に気に病んでいるふうもなかった。私は急に彼に親愛の情を示したくなった。ふと自分がカメラを持っていることを思い出し、写真を撮ってあげようと言った。彼はどぎまぎし、やがて人魚の像の横に立つと、自分が写真屋であるとは思えない緊張した面もちでカメラに向かった。

その日、私は一日中、海に入ったり出たりしていたが、客を求めてぶらぶらしていた少年は、私の姿を砂浜に見つけると近づいてきて、並んで腰を下ろすようになった。喋《しゃべ》ることとてなかったが、黙っていてもなにか通じ合うものがあるような気がするのが不思議だった。

あの少年も今では一人前の青年になっているだろう。記念写真屋はやめ、別の職についているかもしれない。あるいは、ハジャイやバンコクのような大都会に出てきているかもしれない。成長した彼が、昔の、幼い記念写真屋の時代をどう思うだろう、と考えてみたくなる。もしかしたら、遊ぶこともできず、毎日カメラをぶらさげて歩いていたことを、嫌悪とともに思い出すかもしれない。しかし私には、わけのわからぬ異国人にわけもわからず写真を撮られたことを含めて、そう悪いことばかりではなかったな、と思い出してくれるような気がしないでもないのだ。

（85・7）

この作品は、一九八六年五月新潮社より刊行された『深夜特急　第一便』の後半部分です。

沢木耕太郎著

彼らの流儀

男が砂漠に見たものは。大晦日の夜、女が迷ったのは……。彼と彼女たちの「生」全体を映し出す、一瞬の輝きを感知した33の物語。

沢木耕太郎著

流星ひとつ

28歳にして歌を捨てる決意をした歌姫・藤圭子。火酒のように澄み、烈しくも美しいその精神に肉薄した、異形のノンフィクション。

沢木耕太郎著

檀

愛人との暮しを綴って逝った「火宅の人」檀一雄。その夫人への一年余に及ぶ取材が紡ぎ出す「作家の妻」30年の愛の痛みと真実。

沢木耕太郎著

凍

講談社ノンフィクション賞受賞

「最強のクライマー」山野井が夫妻で挑んだ魔の高峰は、絶望的選択を強いた——奇跡の登山行と人間の絆を描く、圧巻の感動作。

沢木耕太郎著

あなたがいる場所

イジメ。愛娘の事故。不幸の手紙——立ち尽くすほかない生が、ふと動き出す瞬間を生き生きと描く九つの物語《ナイン・ストーリーズ》。著者初の短編小説集。

沢木耕太郎著

波の音が消えるまで

—第1部 風浪編／第2部 雷鳴編／第3部 銀河編—

漂うようにマカオにたどり着いた青年が出会ったバカラ。「その必勝法をこの手にしたい」——。著者渾身のエンターテイメント小説！

深《しん》夜《や》特《とっ》急《きゅう》2

―マレー半島・シンガポール―

新潮文庫　さ－7－52

平成 六年三月二十五日 発行
令和 元年十月十五日 六十六刷
令和 二年七月一日 新版発行
令和 六年七月五日 六刷

著者 沢《さわ》木《き》耕《こう》太《た》郎《ろう》

発行者 佐藤隆信
発行所 株式会社 新潮社
郵便番号 一六二―八七一一
東京都新宿区矢来町七一
電話 編集部(〇三)三二六六―五四四〇
読者係(〇三)三二六六―五一一一
https://www.shinchosha.co.jp

価格はカバーに表示してあります。

乱丁・落丁本は、ご面倒ですが小社読者係宛ご送付ください。送料小社負担にてお取替えいたします。

印刷・株式会社光邦　製本・株式会社大進堂

ISBN978-4-10-123529-5 C0126